N° 49 ROMANS POPULAIRES 20c.

PROVISOIREMENT 0 fr. 25

PARIS — 5, RUE BAYARD

COLLECTION DES ROMANS POPULAIRES

LE GOUVERNAIL

PAR

M. LEVRAY

PARIS, 5, rue Bayard, PARIS

ROMANS A 25 CENTIMES

Le plus grand succès de la Librairie française

Tirage mensuel : 150.000

Il paraît un Roman complet chaque Mois

DONNANT, COMME TEXTE, LA VALEUR D'UN VOLUME [illegible]

Belle couverture en couleurs

CHAQUE VOLUME : 25 CENTIMES

PORT, 10 CENTIMES

Pour recevoir chaque volume dès son apparition, on peut prendre un abonnement annuel de **3 fr. 50** *pour la France, la Belgique, l'Algérie et la Tunisie, 4 francs pour les Colonies françaises et l'Étranger.*

Des conditions exceptionnelles sont faites pour [illegible]

[illegible]

[illegible]

[illegible]

[illegible]

[illegible]

[illegible] L'[illegible], par [illegible]

[illegible] — Le Prix du Silence, par Jean de Bellaire.

[illegible] — La Rançon [illegible], par P. de Chatenay.

[illegible] — L'Entrée [illegible], par [illegible] Guy.

[illegible] — [illegible], par Marie Le Mière.

26. — Le Jardin [illegible], par [illegible] Rougemont.

27. — L'Échéance, par [illegible]

28. — Péchés d'orgueil, par Jean de Bellaire.

29. — La Gouvernante, par [illegible]

[illegible]

[illegible]

[illegible]

[illegible]

[illegible]

[illegible]

[illegible]

Le Gouvernail

✿ ✿ ✿ ✿

PREMIÈRE PARTIE

I

LE CHOIX DE MARC

Ce matin-là, par hasard, les Mazereuil prenaient tous ensemble le premier déjeuner.

Prosper Mazereuil exerçait les fonctions de professeur de philosophie au lycée de Pompain (nous appellerons ainsi, pour notre commodité, une ville assez considérable du Centre). Mais, pour des raisons d'ordre économique dont seule Mme Mazereuil pouvait apprécier l'importance, la famille habitait une modeste villa sise à deux kilomètres du bureau d'octroi. Le loyer était minime, on y était au large et l'on y jouissait des avantages d'un air pur et d'un bel horizon. Assise sur le plateau, la Joliette dominait un paysage aux lignes tranquilles et harmonieuses. La salle à manger et le salon donnaient de plain-pied sur une étroite terrasse qui surplombait la vallée. L'œil s'égarait sur les cultures, suivait la ligne du chemin de fer qui dessinait là-bas une courbe savante et s'attachait aux bois grimpant en bataillons serrés à l'assaut des collines. La façade opposée regardait la vieille ville où Prosper Mazereuil était né et où il avait passé une notable portion de son existence. Par-dessus l'enchevêtrement des pignons pointus et des tuyaux de cheminées, on voyait se dresser dans leur majesté mélancolique les ruines du château fort, et, plus haut encore, les tours jumelles de la cathédrale.

Disons en passant que ces tours avaient le don d'horripiler tout spécialement Mlle Armande Mazereuil, sœur du professeur, la conférencière bien connue, qui faisait des tournées fructueuses dans toutes les villes de France, à seule fin de démontrer que Dieu n'existe pas, que les dogmes catholiques sont de l'invention des prêtres et que les mots : propriété, patrie, famille sont des expressions vétustes, bonnes à être jetées aux oubliettes.

Un clair soleil de juillet entrait par la porte-fenêtre, jouait sur les faïences suspendues au mur et s'accrochait au faux brillant piqué dans la cravate de Prosper Mazereuil.

Le professeur était encore du meilleur côté de la cinquantaine. On l'avait autrefois appelé le beau Mazereuil, et ce nom lui convenait toujours. Grand et bien fait, le léger embonpoint qu'il avait pris ne lui messeyait point. Sa barbe et ses cheveux gardaient leur luxuriance et leur jolie nuance châtain doré. Il avait la tête haute, la main soignée, le geste élégant et sobre.

Professeur de cinquième dans un lycée de second ordre, ayant gaspillé son mince patrimoine, il avait su, par sa bonne mine et ses manières insinuantes, captiver l'héritière d'une fortune rondelette.

Le mariage ne l'assagit point. Aimé avec ferveur, il n'était pas aimant, et aucun principe sévère ne gênant ses goûts de dissipation, il abusa de l'argent, sans songer à rendre heureuse celle qui le lui avait apporté. Ne suffisait-il pas qu'il se laissât adorer par cette timide Lucile, trop naïvement éprise, trop pénétrée du sentiment de son infériorité, pour avoir même une velléité de se plaindre?

Ainsi, la vanité de Prosper s'était exaltée outre mesure, et son égoïsme, le seul culte qu'il professât, avait été se développant.

Anticlérical notoire, il était fort considéré à Pompain par le parti socialiste (sa sœur, la seule personne dont il acceptât les avis, l'avait poussé de ce côté), et comme il portait beau, comme il ne manquait ni d'esprit ni de faconde et pouvait faire bonne figure à la Chambre, le Comité l'avait désigné, d'ores et déjà, comme devant être candidat aux futures élections législatives. Il préparait les voies par des conférences, des meetings, où il était très applaudi. Le peuple, dont il avait toujours le nom à la bouche, le tenait pour un ami dévoué, tout occupé des intérêts de la classe laborieuse.

Pour le moment, l'occupation de Prosper Mazereuil, très importante à son avis, consistait à boire son chocolat et à manger les tartines que lui faisait Mme Mazereuil, petite personne aux joues pâles, aux yeux pâles et aux pâles cheveux, laquelle s'acquittait de cet office avec la conviction d'une femme créée pour beurrer les roties de son seigneur et maître.

Mlle Armande beurrait elle-même les siennes. Longue et sèche, la conférencière avait, pour ses quarante-huit ans bien sonnés, les cheveux trop noirs et les dents trop blanches ; mais ces prétentions à la jeunesse étaient corrigées par les traits anguleux, les pommettes saillantes et l'acuité du regard, sous lequel se baissait celui de sa craintive belle-sœur. On sentait chez elle une nature personnelle comme celle de son frère, doublée d'une plus grande dureté de cœur et d'une froide malice.

Elle prenait aussi du chocolat. Mme Mazereuil et ses enfants se contentaient de lait pur.

Lionel avait la figure insignifiante et le regard terne. Après s'être acquis au lycée la réputation d'un cancre parfait, il avait fini par réunir à son troisième examen le nombre de points strictement exigé pour le baccalauréat. Mais il avait déclaré qu'il bornerait là son effort intellectuel, étant persuadé qu'un garçon bien pensant ne peut manquer de parvenir. En attendant le poste éminent digne de ses capacités, il devait se contenter d'un modeste emploi à la préfecture du département et d'un traitement assez maigre pour un jeune homme qui avait les dents longues. Il était à la Joliette pour les vacances.

Jacqueline flattait bien mieux l'orgueil paternel.

Elle avait pris de Mazereuil les traits harmonieux, le port superbe et la vivacité d'esprit, jointe à une forte dose de cet aplomb dont se parent nos jeunes filles modern-style.

Elle avalait sa dernière gorgée de lait quand la sonnette retentit.

— Le facteur ! dit-elle en se levant. Je vais au-devant de lui. Jeannette n'en finit pas.

Elle renvoya à sa cuisine l'unique servante, une grosse fille boiteuse et lourdaude, qui se contentait de tout petits gages, et rentra avec une lettre et deux journaux.

— Pas volumineux, le courrier ! La lettre est pour toi, papa, et voici la revue de ma tante, l'*Emancipateur des femmes*. Si j'étais condamnée à m'en repaître, j'en ferais une maladie.

— Qu'en sais-tu? dit sèchement Armande. As-tu jamais essayé?

— Une fois. Je tombai sur un article qui réclamait pour les femmes le droit d'entrer à l'Académie. L'auteur, s'il veut m'en croire, ne posera pas sa candidature. Sa prose était tellement soporifique que je m'endormis sur la page. J'aime bien mieux le *Cri des masses*. Voilà qui est rédigé !..... Ça vous empoigne, ça mord, ça déchire. Tiens ! fit-elle, s'interrompant pour examiner l'enveloppe de la lettre que son père lisait, c'est de Madeleine. Nous ne sommes pourtant pas au jour de l'an.

Mazereuil froissait nerveusement le feuillet.

— Ce n'est pas de Madeleine, dit-il. C'est la supérieure qui m'écrit.

— Qu'y a-t-il? questionna Armande.

— Une tuile. Te figurais-tu que Madeleine avait dix-neuf ans?

— Dix-neuf ans ! dit Jacqueline. Nous sommes donc du même âge?

— A quelques semaines près, en effet. J'aurais dû m'attendre à ce qui arrive. Ecoutez.....

Il reprit le feuillet, en tête duquel était tracée une petite croix, suivie de ces mots : « Vive Jésus ! » et lut tout haut :

Sainte-Foy, ce 10 juillet 19..

Monsieur,

J'ai l'honneur de vous informer que la distribution des prix aura lieu le 25 courant, à 10 heures du matin, sans aucune solennité. Les familles reprendront leurs enfants dans l'après-midi ou le lendemain.

A cette occasion, je serais heureuse de recevoir, Monsieur, soit votre visite, soit une lettre exprimant vos intentions relativement à Madeleine. La volonté de son père nous la confiait jusqu'à ses dix-neuf ans sonnés. Elle les a depuis trois mois. Vous êtes son tuteur ; il vous appartient de décider où elle vivra dorénavant. Son éducation est achevée, elle a conquis l'an dernier, de la façon la plus brillante, le brevet supérieur et le certificat d'aptitude pédagogique. Après cela, elle eût inutilement suivi les cours du pensionnat. Une de nos Sœurs, très instruite, lui a donné des leçons particulières, mais ce secours lui-même devient insuffisant. Nous ne refusons pas de la garder, loin de là : cette enfant nous est chère à plus d'un titre, et ce n'est pas sans tristesse que nous envisageons la séparation probable. Si elle demeurait parmi nous, sa situation se trouverait forcément modifiée : elle ne serait plus élève, mais dame pensionnaire, titre bien grave pour sa jeunesse.

Je crois avoir tout dit sur ce sujet. Il me reste à vous offrir, Monsieur, l'expression de ma considération très distinguée et de mon religieux dévouement en Notre-Seigneur.

SŒUR MARIE-PAULE DU CALVAIRE, *supérieure*.

— Et voilà, dit Mazereuil. Que faire? Elle m'embarrasse fort, cette gamine.

— Je ne comprends pas pourquoi, fit Jacqueline. Il faut la prendre chez nous, c'est très simple.

— Si tu crois trouver beaucoup d'agrément à sa compagnie, ricana Lionel. Une demoiselle élevée chez les béguines !..... Je la vois d'ici, grotesquement affublée, effarouchée, ne sachant ni se tenir ni ouvrir la bouche.

— Une prude, une bigote aux idées étroites, renchérit Armande. A la place de Prosper, je la laisserais où elle est.

— Sainte-Foy va être incessamment fermé, dit Mazereuil en caressant d'un geste perplexe sa barbe soyeuse. Les nonnes sont averties, cette distribution de prix à huis clos en est un indice formel.

— On fermera le pensionnat, mais puisqu'elles offrent de la garder quand même, tu peux bien la laisser jusqu'à sa majorité. Après, elle se débrouillera.

— Ce serait atroce ! s'écria Jacqueline avec feu. Si l'on m'enfermait au couvent pour deux longues années, je n'en sortirais pas vivante.

— Parbleu ! dit Lionel, goguenard, tu n'es pas de l'espèce des oiseaux qu'on garde en cage. Mais, ma chère, cette petite n'a pas connu la liberté, elle ne la désire pas.

— Et puis, tant pis pour elle ! fit crûment Armande. Nous ne sommes pas tenus, pour lui être agréables, d'introduire chez nous un élément hostile.

— Vous raisonnez en égoïste, ma tante, dit Jacqueline, qui qui ne se piquait de respect pour qui que ce fût.

— Et toi en écervelée. C'est absurde de partir en guerre au profit d'une inconnue.

— Son père fut le meilleur ami de papa, une sorte de frère.

— Oui, dit Mazereuil, mais il s'est défié de moi. Après m'avoir demandé d'être le tuteur de sa fille, il insère dans son testament cette clause stupide, que Madeleine restera jusqu'à dix-neuf ans sous la garde des Dames de Sainte-Foy. Il y avait de quoi mortifier un homme moins susceptible. Je ne sais comment je me suis laissé aller à prendre cette tutelle. Mais j'étais nommé, la petite n'avait pas de parenté, le notaire m'a pris par le sentiment.....

— Qu'y avait-il eu entre toi et M. Servigny ? questionna Jacqueline.

Des dissentiments politiques, religieux surtout. Gustave, sous l'influence de sa femme, cléricale enragée, s'était détaché de ses anciens amis. Nous nous étions presque brouillés. Sans la mort de Mme Servigny, à laquelle il ne survécut que quelques mois, il eût sans doute totalement changé ses dispositions testamentaires. La maladie ne lui laissa que le loisir d'y ajouter la clause dont je parlais tout à l'heure.....

— Et qui suffit amplement à te dispenser de recevoir sa fille, dit Armande. La mère m'était odieuse.

Elle se leva, les autres l'imitèrent. Mazereuil arpenta un moment la terrasse, puis se retira dans son cabinet. Presque aussitôt après, il entendit tambouriner à la porte.

— Entre, dit-il, reconnaissant la manière de Jacqueline.

Elle vint à lui, souriante, et lui prit le menton à deux mains.

— Voyons, laisse-moi écrire, dit-il du ton indulgent qu'il ne prenait qu'avec elle.

— Tu permets que je lise ? fit-elle, regardant la page à demi noircie placée sur le bureau.

Et, sans attendre la réponse, elle commença :

Madame la Supérieure,

Pour des motifs qu'il serait oiseux de développer ici, je me vois dans l'impossibilité de recevoir ma pupille. Il me semble ne pouvoir mieux faire que de la laisser provisoirement dans l'asile de ses jeunes années, sous la protection des personnes qui lui ont prodigué.....

— *Et cætera*, dit Jacqueline. Mais ce n'est pas ça, père. Il faut remplacer la première phrase par celle-ci : « En réponse à votre communication, j'ai l'honneur de vous faire savoir que ma pupille habitera désormais chez moi. »

— Les plaisanteries ne sont pas de saison, dit Mazereuil avec humeur.

— Soyons sérieux, papa. Tu n'as pas suffisamment réfléchi.

— Tu l'as fait pour moi, paraît-il.

— Raille si tu veux. As-tu songé à Dalbin?

— Dalbin ! Que vient-il faire ici ?

— Tu le demandes? Ne sais-tu pas quel acharné lutteur il est? Tu l'as trouvé devant toi aux élections municipales, et sa candidature à la députation sera posée par les radicaux. Je t'ai entendu dire qu'il est abondamment documenté et qu'il a des intelligences jusque dans les sacristies. Il sera, n'en doute pas, au courant de cette affaire. Encore, si l'on devait attendre les élections générales !..... Mais la succession de notre vieux député peut être ouverte demain.

Mazereuil passa l'index sur son front, comme pour effacer le pli soucieux que les insinuations de sa fille venaient d'y creuser.

— Ce sera un fameux atout dans le jeu des partis adverses, reprit Jacqueline. On te servira ce plat convenablement épicé, au moment propice. Les feuilles cléricales en régaleront leurs lecteurs. Il en pleuvra de ces articles, les uns virulents, les autres narquois, avec un titre savoureux en manchette et des broderies partout ! Ce sera un beau sujet de copie. Mazereuil, l'apôtre de la fraternité, Mazereuil qui rêve d'unir les individus et les peuples dans un baiser mondial, se révélant tuteur barbare et sans entrailles !

— Bah ! fit le professeur.

Il proféra cette syllabe du bout des lèvres, se disant que Jacqueline voyait juste. Dalbin, un arriviste dépourvu de scrupules, moins brillant que Mazereuil, mais retors et madré, était un ennemi beaucoup plus dangereux que ne l'eût été un libéral. Sa tactique, en période d'élections, consistait à fouiller dans la vie soit publique, soit privée, de l'adversaire, dans le but de mettre au jour quelque trait susceptible de le rendre ridicule ou odieux. Cette histoire d'orpheline séquestrée dans un couvent, à l'instar des infortunées victimes du moyen âge (style des Loges), faisait à Dalbin la partie belle.

Trop fine mouche pour insister, Jacqueline abandonna d'elle-même cette question, parla un peu de choses indifférentes et se retira.

Comme elle passait devant la chambre de sa mère, la porte

fut entre-bâillée, et la timide figure de Mme Mazereuil s'encadra dans l'ouverture.

— Qu'est-ce que ton père a décidé? murmura-t-elle.

— Tu grilles de savoir, maman ! Parions que tu souhaites la venue de Madeleine.

Mme Mazereuil explora d'un regard le corridor, et, n'apercevant pas la silhouette redoutée de sa belle-sœur :

— Je voudrais la connaître, confessa-t-elle.

— Au fond, moi, je n'y tiens pas, dit Jacqueline avec un geste d'insouciance. Elle sera probablement ennuyeuse comme la pluie, mais je me range toujours du côté des opprimés.

— Tu as à nouveau plaidé sa cause?

— Et je crois l'avoir gagnée. Es-tu contente? Embrasse-moi, pour ma peine.

Les lèvres de Mme Mazereuil s'appuyèrent longuement sur le front blanc où se jouait un frison d'or.

— Tu es une bonne petite fille, je te remercie. Mais je ne crois pas que Madeleine soit ennuyeuse. Sa mère avait de l'esprit et un caractère charmant.

— Cela devait être, puisque ma tante ne sympathisait pas avec elle. Est-ce que nous ne sommes pas toujours comme chien et chat, tante Armande et moi ? Je puis bien te l'avouer, ma pauvre maman : le pur amour de la justice n'aurait pas suffi à me jeter dans le parti de Madeleine..... J'ai voulu faire un peu endêver cette chère tante. Quelle mine elle va faire quand elle saura qu'elle a perdu la partie ! Il y aura de quoi s'amuser.

II

4 h. 35. Un coup de sifflet strident. Le train de Nantes entre en gare de Pompain.

A la portière d'une voiture de troisième classe se penche la belle tête de Prosper Mazereuil. Du côté opposé passe un canotier cravaté de bleu sombre. Madeleine a conservé son costume de pensionnaire et ses cheveux bien tirés sur les tempes ; mais, au lieu de laisser pendre à l'enfant sa lourde natte brune, elle l'a relevée en un chignon aussi peu volumineux que possible. Le visage qui nous apparaît pour la première fois n'a ni la régularité classique ni l'éclat de celui de Jacqueline. Il est doué néanmoins d'un charme indéniable. L'ovale en est très pur, les [illegible], on [illegible] que la petite bouche [illegible] doit sourire avec une douceur [illegible], et sous [illegible] longs cils glisse un regard limpide et profond qui, à lui seul, conquerrait tous les suffrages.

Elle se sentait triste à pleurer, la pauvre petite, en arrivant en cette ville où tout lui était étranger, [illegible] l'eussent habitée. Son tuteur ne lui avait jamais paru plus distant qu'au moment où elle l'avait vu [illegible] premières [illegible] du voyage, il avait été le plus morne, le plus indifférent des [illegible]

[illegible] le pied sur le quai, son nouveau [illegible] avec [illegible] personnes [illegible] de la meilleure [illegible] de la [illegible]

La jeune fille s'étonnait de ce changement [illegible]

[illegible]

Mademoiselle [illegible] une taille de jeune [illegible] des yeux [illegible] et des [illegible]

[illegible]

— Vous avez [illegible]

[illegible] dans un élan [illegible]

[illegible] de quoi s'exclamer [illegible]

marchant deux à deux, bien sagement, sous l'œil sévère d'une surveillante..... Vous appelez ça une promenade? Dites une corvée, comme l'étude, le lever et le coucher à heures fixes. Est-ce qu'un mirage de liberté ne vous faisait pas soupirer quelquefois?

— Non. La bonté des maîtresses me rendait l'obéissance facile.

— On vous a de bonne heure façonnée au joug. Ce n'est pas comme moi..... Je suis folle d'indépendance, l'ombre même de l'assujettissement m'est un sujet d'horreur. Au lycée, j'étais notée comme une très mauvaise tête. Si l'on devait compter mes infractions au règlement, les mauvais tours joués à mes professeurs, on n'en finirait pas. Vous voyez, votre caractère est l'antipode du mien. Nonobstant, nous nous entendrons, j'imagine. Regardez-moi dans les yeux..... Là, c'est bon. Vous me plaisez bien que vous n'ayez pas le type de mes amies habituelles. Et moi, est-ce que je vous déplais ? Soyez franche.

— Je vous aime déjà, dit Madeleine. Si vous saviez quel bien vous m'avez fait en venant au-devant de moi !

— Alors nous pouvons bien laisser de côté le ton cérémonieux ; puisque nous sommes destinées à vivre ensemble, et nous tutoyer comme des sœurs ou des cousines. Veux-tu?

L'imprévu de la question étourdit un peu Madeleine. Elle avait été accoutumée à la réserve et ne tutoyait aucune de ses compagnes de couvent. Mais elle se ressaisit promptement et répondit avec un sourire :

— Si cela vous..... te fait plaisir, chère Jacqueline, je veux bien.

Elles avaient quitté la route départementale et suivaient de jolis chemins où les ronces étendaient leurs bras roses. On moissonnait dans les champs voisins. La rouge ombrelle de Jacqueline se balançant à côté de l'ombrelle noire de sa compagne semblait un coquelicot géant épanoui près d'une fleur de deuil.

— Nous trouverons probablement des étrangers à la maison, reprit la fille du professeur. Comme ils ont une auto, ils tombent sur nous de temps en temps sans crier gare. Cette fois, ils se sont annoncés. C'est un ancien collègue de papa, M. Félipier, et sa fille.

— Une des amies dont vous..... dont tu parlais?

— Georgette Félipier ! Peuh ! sa tête est aussi vide que cela, dit Jacqueline, poussant du bout de sa bottine un épi égrené, jeté sur le chemin. Sortez-la des potins et des chiffons, vous n'en tirerez plus rien. Les Félipier n'étaient guère plus riches que nous, mais ils ont fait un bel héritage, et maintenant ils se payent du plaisir. Tu vois la Joliette, continua-t-elle, indiquant avec son ombrelle la villa, que de grands arbres avaient masquée en partie jusque-là. Elle fait assez bon effet..... Au fond, ce n'est pas grand'chose. On s'en contente..... Nous ne sommes pas au large..... Je parle de la bourse, et non du logis. Maman a de la peine à nouer les deux bouts avec ce que papa lui donne..... Ce n'est pas toujours drôle. Heureusement, Lionel se mariera bientôt, j'espère, et peut-être trouverai-je aussi un bon parti. Je ne veux pas dire que je prendrai un mari pour son argent..... Cette considération ne viendra qu'en seconde ligne. Avant tout, je veux aimer celui que j'épouserai..... Je ne serais pas même fâchée de pouvoir l'admirer un peu. Un prétendant qui ressemblerait à mon frère, par exemple, n'aurait aucune chance de me plaire. Tu ne dis rien..... As-tu des idées arrêtées sur le mariage?

Les joues de Madeleine devinrent un peu plus roses.

— Moi, je ne sais..... Je n'ai pas envie de me marier.

— Bah ! tu ne connais rien du monde. Dans quelques semaines, tu pourras te faire une opinion. Nous sommes chez nous.

Elles poussèrent la grille peinte en rouge et suivirent une courte allée bordée de corbeilles de géraniums et de fuchsias. Le jardin s'étendait à droite, offrant une succession de carrés de légumes dominés par les grosses têtes des poiriers et des pêchers. A gauche, on avait ménagé un espace libre, par lequel pouvait passer une voiture.

— Je disais bien, reprit Jacqueline, les Félipier sont arrivés, voici leur auto. Par ici, Madeleine. Il s'agit de te rendre présentable.

Elle la conduisit dans une chambre sommairement meublée d'un lit de fer, d'une commode et de deux chaises. Une table de toilette occupait un angle.

— Ce n'est pas beau, mais je n'ai pas mieux, tu verras.

— C'est très convenable, dit Madeleine, qui, habituée à la simplicité des dortoirs, n'avait garde de s'étonner.

Un seul détail l'avait choquée : l'absence de tout emblème religieux dans cette chambre qui serait la sienne, mais elle avait de quoi parer à cet inconvénient.

— Commençons par modifier ta coiffure, dit Jacqueline. Cette natte, ce chignon serré, c'est antédiluvien. Georgette pouffcrait de rire en te voyant. Confie-moi ta tête et ne crains rien : je n'ai pas l'intention de te faire quelque chose d'extravagant, qui n'irait pas à ta figure de nonnain du moyen âge.

Tout en parlant, elle enlevait les épingles. Des ondes opulentes s'épandirent sur les épaules de Madeleine.

— Oh ! ces couvents ! Aurait-on supposé que tu possédais pareil trésor ?

En un tour de main, elle tordit la masse soyeuse, la fit légèrement bouffer et la disposa avec grâce.

— C'est fait, admire-toi.

Elles descendirent au salon. A leur entrée, une jeune fille qui avait le nez drôlement retroussé et les joues couvertes d'une forte couche de poudre de riz cessa de caqueter avec Lionel et s'écria d'une voix suraiguë :

— Eh bien ! c'est joli, Jacqueline, de vous esquiver au moment où nous arrivons.

— Vous n'y avez rien perdu, Georgette, Lionel me remplaçait avantageusement.

— Qu'avez-vous fait de Mazereuil ? demanda M. Félipier, petit homme chauve qui faisait cliqueter une grosse chaîne d'or et des breloques sur son abdomen proéminent.

— Nous l'avons laissé à la merci de deux personnages qui ne payaient pas de mine, répondit Jacqueline avec insouciance, deux de ses futurs électeurs, sans doute.

Pendant ce temps, Madeleine recevait le timide baiser de Mme Mazereuil et le salut indifférent de Lionel. Mlle Armande se borna à la toiser de la tête aux pieds et reprit son aparté avec Félipier, qu'elle appelait : « Cher Monsieur. »

Prosper Mazereuil revint peu après ; la conversation devint générale.

..... A la fin de cette journée, Madeleine, retirée dans sa chambre, rassemblait ses pensées éparses, afin de plonger son âme dans le recueillement, quand on frappa doucement à sa porte.

— Si je ne te dérange pas, Madeleine, dit Mme Mazereuil en

tournant le bouton, nous ferons plus ample connaissance. J'ai un moment de liberté, Prosper et M. Félipier étant sortis.

Madeleine s'empressa d'avancer une chaise.

— Votre visite me fait grand plaisir, ma..... Madame, dit-elle, hésitant légèrement. Toute marque de sympathie m'est précieuse.

Mme Mazereuil lui prit les mains et la considéra affectueusement.

— Dis : tante Lucile, je t'en prie, comme tu disais toujours sur tes lettres. C'est le nom que tu me donnais dans ton enfance, avant d'aller à Sainte-Foy.

— Ainsi, c'est vrai : vous m'avez vue toute petite, vous étiez l'amie de mes parents, murmura la jeune fille.

— Cela te semble presque incroyable, je le conçois....., après quatorze ans, pendant lesquels nous n'échangions des lettres qu'au mois de janvier. Pauvre petite ! J'ai pourtant pensé bien des fois à l'enfant de ma chère Thérèse.

— Vous aimiez maman?

— Oh ! oui. D'instinct, le premier jour où je la vis, j'allai à elle, ma cadette, comme à une grande sœur, plus sage et plus forte. Pendant cinq ans, elle fut ma lumière, mon appui. Le courage me manquait parfois pour suivre ses conseils, mais elle ne se rebutait pas et finissait par m'entraîner dans son sillage. Je l'ai bien pleurée en cachette.

— Tante Lucile, dit Madeleine émue, il faudra m'aimer un peu, en souvenir de maman.

— Je suis venue pour te dire que j'y suis toute disposée, ma petite fille. Cela ne te servira pas à grand'chose, ajouta-t-elle humblement, tu t'en apercevras bientôt. Par bonheur, Jacqueline t'aimera aussi. Elle, c'est différent..... Elle a du caractère, elle compte à la maison. Mais tu as l'habitude de te coucher de bonne heure, et les émotions de ce jour t'ont fatiguée. Je m'en vais.

En se levant, son regard tomba sur le crucifix que Madeleine avait suspendu à son chevet.

— Si Armande entrait ici.....

— Eh bien ! tante?

— Elle hait la religion et tout ce qui s'y rapporte.

— J'en suis fâchée pour elle. Mon tuteur, j'espère, ne m'empêchera pas de remplir mes devoirs de chrétienne.

— Oh ! non, Prosper n'est pas intolérant à ce point, et, du moment que tu ne redoutes pas les sarcasmes d'Armande.....

— Pas le moins du monde.

— Tu ressembles à ta mère, inflexible sous sa douceur..... Du velours doublé d'acier, disait M. Servigny. Bonne nuit, Madeleine !

III

Bien loin de la Joliette, dans une maison de la côte bretonne, quelqu'un, ce même soir, pense à Madeleine.

La maison dont nous parlons est une sorte de manoir d'assez grand air, avec les poivrières qui la coiffent et son porche curieusement fouillé, où le lierre s'accroche. Les murs épais ont été construits pour braver les rudes caresses du vent de mer, et, de fait, ils les ont subies sans dommage depuis près de deux siècles. Les jours de tempête, la rafale chante à son aise dans les longs corridors et tord sans les briser les arbres du jardin, qui ont gagné en ampleur et en solidité ce qui leur manque en élévation.

Le salon où nous nous introduisons a des boiseries sombres, un meuble Empire, raide et incommode, des tapisseries fanées. Un crucifix d'ivoire jauni, d'un beau travail, des flambeaux d'argent repoussé, de magnifiques vases de Chine y mettent une note artistique, d'un goût sobre. Mais ce qui attire particulièrement l'attention, c'est une curieuse galerie de portraits encadrés de baguettes d'or terni. On y voit des costumes de toutes les époques, à dater du règne de Louis XIV. Quelques femmes ont une coiffe aux larges ailes, avec un étrange petit bonnet qui avance sur le front, laissant le chignon à découvert ; d'autres portent les cheveux plats ou bouffants, les paniers ou la crinoline. Parmi les hommes, il y a des corsaires à longues moustaches, la main sur le pommeau de leur épée, des magistrats en toge bordée d'hermine, des médecins dont la robe noire se pare de revers violets. Quels qu'ils soient, ils ont un air de famille; tous appartiennent à la même race, vigoureuse, probe, vaillante.

Une grosse lampe en cuivre ciselé, posée sur la table, laisse tomber un rayon adouci par l'abat-jour sur la femme qui écrit.

Celle-ci est vieille comme les objets qui l'entourent. Des bandeaux de neige ondulent autour d'un blanc visage qu'on devine avoir été joli et qui reste agréable par son air de distinction et d'intelligente bonté. Elle a couvert quatre grandes pages de son écriture un peu tremblée et les relit avant de signer. Profitons-en pour prendre connaissance de cette longue épître :

Rosmeneur, ce 26 juillet 19..

Ma chère Henriette,

Madeleine m'apprend que les prix sont distribués et qu'elle va chez son tuteur. Ç'a été un coup de massue. Ne pouvant en croire l'enfant, j'ai cherché ta dernière lettre, qui me donnait la date de l'ouverture des vacances. Il m'a bien fallu reconnaître mon erreur. Quand tu m'écrivis, j'étais souffrante. Au lieu du 25 juillet, j'avais lu le 5 août. Je pensais avoir tout le temps de faire une démarche auprès de M. Mazereuil, et il est trop tard !

La déception m'a été pénible. Depuis tant d'années je caressais l'espoir d'avoir un jour toute à moi la fille de Thérèse, et surtout de la rapprocher de Marc. Il ne se peut, me disais-je, que, vivant dans une fraternelle intimité, ils n'arrivent vite à s'aimer d'amour. Madeleine réalise pleinement l'idéal de la femme que je rêve pour mon petit-fils. Il n'y a entre eux aucun lien de parenté. Thérèse était la nièce à la mode de Bretagne de ma belle-sœur et elle avait pris l'habitude de dire : tante Laurence, comme elle disait : tante Amélie. Mes vœux ne vont donc point à l'encontre des sages prohibitions de l'Eglise.

La voilà donc condamnée à vivre chez ces Mazereuil, mais je ne renonce pas à mon cher projet. Je vais rêver aux moyens d'amener une rencontre entre ces deux enfants que je souhaite voir heureux l'un par l'autre.

Jusqu'à présent, Marc ne m'a pas causé la moindre peine ; mais il a vingt-cinq ans et vit habituellement loin de moi. Tous les jours, d'autres se perdent. Est-il plus fort?

Je le connais, mon cher enfant. Peu sensible à la fascination des plaisirs grossiers, il peut se laisser prendre par le cœur, et le cœur une fois pris dans un fatal engrenage, tout le reste y passe : patrimoine, avenir, bonheur intime....., tout, dis-je, jusqu'à l'honneur parfois, jusqu'au salut éternel.

En ai-je vu, de ces jeunes gens richement doués, élevés par des mères prudentes, gaspiller ainsi leur vie ! Dieu veuille épargner un tel malheur à mon petit-fils et m'accorder de ne pas mourir avant d'avoir vu son bonheur assuré par un bon mariage....., j'entends un mariage chrétien ! De la dot, je ferais bon marché.

Je puis manquer bientôt à Marc, je me sens très vieille. Tu vas

Paule, qui me donnait de si belles images quand j'étais garçonnet et que nous allions voir Madeleine. Elle doit être maintenant chez les Mazereuil, la pauvre Madeleine. Je [illegible] Avez-vous lu, grand'mère, la dernière conférence faite à Bourges par la citoyenne Mazereuil? Tous les journaux en ont reproduit des extraits. Elle demandait avec la dernière violence qu'on dénonçât les religieux coupables d'avoir reconstitué une Congrégation en demeurant dans la même [illegible]

— Je l'ai vu, mais je crois bien n'avoir pas achevé ma lecture, tant j'étais écœurée.

— Il y avait de quoi. Quand on pense que Madeleine [illegible] passer [illegible] ans dans la compagnie de cette énergumène, sans parler [illegible] famille... Combien je regrette pour elle et pour vous qu[illegible] eu là une si délicieuse petite-fille ! N'est-ce pas, grand'mère, que vous l'aimez autant que moi et que je devrais en être jaloux?

[illegible]

Le jeune homme rit, et, se courbant une seconde fois :

— Je vois, vous souhaitez une [illegible]

[illegible]

elle n'entrait pas l'ombre d'un sentiment égoïste. Le bien, tant spirituel que temporel, de Marc était son unique objectif. Elle ne tenait tant à ce mariage que parce qu'il lui paraissait de nature à atteindre ce double but. Aussi l'avait-elle préparé de loin avec l'adresse touchante des mères. Tant que son petit-fils avait été jeune garçon, elle n'avait pas manqué de l'emmener chaque fois qu'elle se rendait à Sainte-Foy. Pendant qu'elle se promenait au jardin avec la supérieure, son amie de jeunesse, les enfants allaient devant, la main dans la main, comme s'ils eussent été frère et sœur. Marc ne dédaignait pas de faire avec la petite fille une partie de volant ou de ballon. Le collège le prit, mais les visites à Madeleine n'en souffrirent pas : on allait la voir pendant les vacances de Pâques et d'août. Etudiant en médecine, docteur, fixé à Rennes, Marc avait conservé cette chère habitude d'enfance.

Mais ce soir une inquiétude naissait tout à coup dans l'esprit de Mme Villedaniel. Si une autre image de jeune fille occupait déjà la pensée de son petit-fils !..... A Rennes, le jeune docteur fréquentait la meilleure société, et, sans être abusée par l'orgueil maternel, l'aïeule pouvait se flatter que nulle part Marc ne passerait inaperçu. Aux qualités physiques qui séduisent les plus sages, il joignait des dons bien meilleurs : une riche intelligence, un savoir qu'aurait pu lui envier maint confrère plus âgé, et, par-dessus tout, cette dignité du caractère, cette noblesse des sentiments qu'il tenait d'une sage éducation et de ses principes solides au moins autant que de l'atavisme. Sans nul doute, plus d'une mère pourvue d'une fille à marier avait fait des avances au Dr Villedaniel..... Peut-être avait-il fait battre plus d'un jeune cœur. Le sien était-il libre? Elle scruta attentivement la physionomie de Marc, tandis qu'elle l'attirait plus près d'elle.

— Parlons de toi. Dis-moi franchement si tu penses au mariage.

Il eut un sourire à la fois jeune et grave qui donnait un grand charme à son visage.

— Un peu plus souvent qu'autrefois, grand'mère.

— Plus souvent, pourquoi?

— Tout simplement, je pense, parce que mes vingt-cinq ans m'ont fait progresser en sagesse, parce que plusieurs de mes amis ont fait le pas décisif et que le spectacle de leur bonheur me tente. Quand on n'a pas l'honneur d'être appelé à une destinée plus sublime, j'estime que le mariage est le grand moyen mis à la disposition de l'homme pour atteindre sa fin. *Vœ soli !* dit l'Ecriture. Cette parole me revient en mémoire lorsque je vois un de ces produits chauves et déjetés de la vie facile, telle que la mènent beaucoup de vieux garçons.

— Et c'est tout? Ces réflexions ne t'ont pas été surtout suggérées par une figure féminine, vue à Rennes ou ailleurs? Tu en devrais la confidence à ta vieille grand'mère.

— Je l'entends bien ainsi, mais tel n'est pas mon cas. Jusqu'à cette heure, je ne me suis pas dit, en regardant une jeune fille : Voilà celle dont je souhaite faire la compagne de ma vie.

Mme Villedaniel respira mieux. Nulle chère image ne s'interposerait entre Marc et Madeleine à l'heure de la rencontre, pourvu que cette rencontre fût prochaine. Il y avait près d'un an qu'ils ne s'étaient vus..... L'instant qui les mettrait face à face pouvait être décisif. La grand'mère passa en apparence à un autre sujet, tout en suivant le fil mystérieux qui devait aboutir à la réalisation de son vœu le plus cher.

— Que feras-tu de tes vacances, mon petit?

— Nous les passerons ensemble, grand'mère, c'est entendu. Il faut que ces six semaines vous dédommagent de vos dix mois de solitude.

— Cela, non, dit-elle vivement. Tu auras toujours le temps de t'enfermer chez toi. Tu aimes les voyages. Pourquoi n'y consacrerais-tu pas une notable partie de ces vacances?

— Vous êtes déjà lasse de moi?

— Ne dis pas de sottises. Tu me donneras deux semaines, et puis tu iras courir par monts et par vaux. On ne jouit bien de ce plaisir-là qu'en pleine jeunesse.

— Nous en recauserons, dit Marc en se levant, puisque vous m'accordez quelque répit. Allez vous reposer, grand'mère. Le petit-fils se montre docile, à votre tour d'obéir au médecin.

IV

Madeleine s'acclimatait tant bien que mal à la Joliette. Suivant les conseils reçus au couvent, elle s'était fait un règlement assez élastique pour laisser place à l'imprévu et surtout pour ne gêner personne. Les autres yeux étaient à peine ouverts à l'heure où elle revenait de la Messe. Sachant mettre à profit les moindres moments, elle trouvait du temps pour la lecture, la musique, le travail des mains.

Elle ne tarda pas à remarquer que tout le tracas de la maison reposait sur Mme Mazereuil. Chacun pensait à soi, celle-ci pensait à tous. Jacqueline, qui pourtant aimait sa mère et la plaignait, n'avait jamais eu l'inspiration de réclamer sa part de soucis et de travaux.

La présence des Félipier alourdissait encore la tâche de la maîtresse du logis. La table était servie avec une abondance, voire même une certaine recherche qui imposaient à la courageuse femme des calculs sans fin et de longues heures de veille.

Nul n'y avait pris garde jusqu'alors. Aussi fut-elle effarée en voyant Madeleine entrer à la cuisine après 10 heures du soir.

— Je fais trop de bruit? Je t'empêche de dormir? balbutia-t-elle, arrêtant le mouvement du couperet qu'elle maniait.

— Je n'ai pas envie de dormir, tante, et je viens vous offrir mes services.

— Qu'en ferais-je, ma chère enfant? Jeannette est en retard ce soir et je prépare le pâté, voilà tout..... Mes viandes n'attendraient pas.

Madeleine l'embrassa.

— Pauvre tante Lucile ! Jeannette ne vous aide guère et vous ne lui confieriez pas la réussite d'un plat quelconque. Non seulement vous vous occupez de la cuisine, mais vous balayez, vous frottez, que sais-je ? Toute la fatigue est pour vous. Donnez-moi ce couperet. Je ne suis pas absolument inexpérimentée : à Sainte-Foy, les grandes allaient de temps en temps à la cuisine. Mère Marie-Paule voulait faire de ses filles de bonnes ménagères.

Elle assaisonna le hachis, dressa le pâté, prépara le gâteau de riz.

— Je ne savais pas qu'on apprît tout cela au couvent, disait Mme Mazereuil émerveillée. Tu es adroite comme une fée, ma petite Madeleine.

— Vous ne refuserez plus mon aide, tante Lucile. Je reviendrai demain.

Elle revint tous les jours, heureuse de penser que la pauvre femme se couchait une heure plus tôt et trouvait son fardeau moins lourd.

[illegible] une question toute personnelle préoccupait la jeune fille.

Quelle était au juste sa situation de fortune? Ses parents, elle le savait, lui avaient laissé un petit patrimoine; elle possédait à Rompain un immeuble dont son tuteur touchait le loyer, mais n'avait-elle que cela, et ce peu, qui lui avait suffi à Sainte-Foy, lui permettrait-il de vivre dans le monde, sans avoir recours au travail? La seule idée qu'elle pouvait être une charge pour les Mazenoil lui était insupportable. Elle résolut d'en avoir le cœur net, et, trouvant l'oncle seul, elle aborda carrément son sujet. Il parut légèrement contrarié.

— Je me proposais de vous en parler un jour ou l'autre, [illegible] lorsque nos hôtes nous auraient quittés. Résumons [illegible] vous avez un petit capital, trente mille francs, avantageusement placé, [illegible] maison de Rompain [illegible] quante francs. Déduction faite des impôts et autres frais, votre revenu s'élève à seize cents francs environ, [illegible]

[illegible]

— [illegible] en haussant les épaules, si j'étais riche, je [illegible] regarderais pas. Armande paye, elle aussi. Sans cela, [illegible] diable! comment équilibrerais-je mon budget? [illegible]

[illegible]

[illegible] pour confectionner [illegible]

[illegible] chapeaux. Elle savait que [illegible]

[illegible]

une invincible répulsion l'éloignait de ce garçon au profil d'oiseau de proie, au teint bilieux, dont les yeux, luisant étrangement sous le binocle, faisaient songer à Méphistophélès.

Il n'honorait d'ailleurs l'orpheline d'aucune attention, mais s'attachait aux pas de Jacqueline, ne perdant jamais l'occasion de lui adresser quelque parole flatteuse. Lionel agissait de même vis-à-vis de Georgette, et ce double flirt semblait être vu par les parents d'un œil de complaisance.

Les moments que Madeleine passait forcément avec ses commensaux lui apportaient toujours quelque souffrance, dont l'ombre se projetait sur le reste de la journée. Outre les coups d'épingle qu'Armande ne lui ménageait pas, que de fois la conversation la blessait au plus intime de l'âme ! Lestoc analysait la pièce en vogue, le livre du jour, et l'on émettait des théories plus ou moins risquées. Les jeunes filles elles-mêmes donnaient leur appréciation, chacune selon sa compétence. En littérature, Georgette ne prisait que le roman et, personne ne surveillant ses lectures, la pauvre enfant goûtait parfois aux fruits les plus corrompus de ce jardin de l'imagination. Plus éclectique et surtout plus intelligente, Jacqueline ne craignait pas d'aborder les questions philosophiques, historiques ou sociales. Elle assaisonnait ses considérations d'un grain d'originalité et les développait avec une fougue et un brio dont souriait orgueilleusement Mazereuil, mais qui donnaient à Madeleine une grande envie de pleurer.

Plus souvent encore, quelqu'un mettait la politique ou la religion sur le tapis. On citait les établissements congréganistes fermés, les biens ecclésiastiques vendus contre toute justice. On applaudissait aux exécutions. C'était pour Armande l'occasion de déployer sa verve méchante. Les mots sortaient de sa bouche à la façon de lames bien affilées et trempées dans le fiel.

— Une nouvelle intéressante pour vous, ma chère, dit-elle un matin à Madeleine. Le journal contient aujourd'hui une liste d'écoles et de pensionnats religieux fermés, et votre cher Sainte-Foy en fait partie.

La jeune fille, qui travaillait, changea de couleur, mais ne leva pas les yeux.

— Qu'en dites-vous? ricana Armande.

— Je dis, Mademoiselle, que nos gouvernants ont écrit une page honteuse de plus dans leur histoire.

— Voyez-vous ça ! Vous avez plus d'aplomb qu'on ne le croirait, à voir votre air de sainte nitouche. Une autre fois, vous ferez bien de garder vos réflexions pour vous.

— C'est ce que j'aurais fait, Mademoiselle, si vous ne m'aviez interrogée.

— Autant de trous, autant de chevilles, paraît-il. Sachez, ma petite, que personne ici ne pense comme vous. Vous ne prétendez pas, je suppose, nous imposer vos opinions.

— Je n'ai d'autre prétention que celle de garder la liberté de mes convictions personnelles, dit Madeleine, le plus froidement possible.

Mais elle étouffait, et, ne voulant pas pleurer devant Armande, elle plia son ouvrage et remonta à sa chambre. Elle y était depuis quelques minutes, quand Jacqueline entra sans avoir frappé.

— Tu pleurais, je m'en doutais un peu. Georgette vient de me dire que vous avez eu une altercation, tante Armande et toi, à propos de la fermeture de Sainte-Foy. Évidemment, c'est elle qui a commencé..... Je sais de quelles aménités elle est coutumière. Si j'avais été là, j'aurais pris ton parti, non que j'aime les couvents, mais ce pensionnat était pour toi la maison familiale.

— J'y ai été aimée autant que peut l'être une orpheline, dit Madeleine en s'essuyant les yeux.

— C'est pour cela que ma tante est sans excuse. Je te félicite de lui avoir riposté vertement. Je le fais et m'en trouve bien. Veux-tu que nous sortions ensemble? Ça ne nous arrive pas souvent, et j'ai une, non, deux nouvelles à t'annoncer.

— Je voulais précisément aller à l'église, dit Madeleine en se levant.

— Soit. Je reviendrai seule.

— Sais-tu, reprit Jacqueline quand elles furent sur la route, l'affaire est dans le sac.

— Quelle affaire?

— En d'autres termes, le mariage de Lionel avec Georgette est chose décidé. Tante Armande le mijotait depuis dix-huit mois, mais le bonhomme Félipier se faisait tirer l'oreille.... Lionel n'a pas un radis et, entre nous, ce n'est pas un sujet de grande espérance. Mais quand ma tante s'est mis un projet en tête, elle n'en démord pas. Elle a su gagner Georgette et elle souffle tant d'idées à mon frère qu'elle lui donne de l'esprit, je crois. Puis elle a pris sur M. Félipier un empire extraordinaire. Il est en perpétuelle admiration devant elle, tu as dû t'en apercevoir.

— En effet, dit Madeleine, sans se défendre de sourire. Il l'a même appelée l'autre soir une femme de génie.

— Je n'en suis pas aussi certaine que lui, mais elle a été habile, et Lionel lui doit une fière chandelle. Son futur beau-père, qui est très bien vu par de hauts personnages, travaille sérieusement à le pousser. Sans être un aigle, mon cher frère fera un sous-préfet tout comme un autre. Enfin, toute la famille est dans la jubilation. Pour ma part, je suis heureuse, heureuse !

— Tu tenais beaucoup à ce mariage?

— Ecoute donc ma seconde nouvelle : Georgette a une cervelle de perruche, mais elle est gentille à ses heures. Elle m'a demandé ce que je désirais comme cadeau. J'ai répondu : Un voyage en Suisse, sans croire qu'elle me prendrait au mot. Elle a sauté de joie comme un chevreau en liberté, et, ma petite Madeleine, qui l'eût jamais cru? elle a si bien endoctriné son père que nous partons tous la semaine prochaine, je veux dire : papa, Lionel et moi.

— Vous partez? fit Madeleine abasourdie.

— Pour la Suisse, te dis-je. M. Félipier fait tous les frais.

— Et tante Lucile? Mlle Armande?

— Ma tante va tous les ans passer le mois d'août à Royan. Maman est, comme toujours, la sacrifiée, mais les déplacements ne lui disent rien, et elle est contente, nous voyant contents. Voyons, Madeleine, ce beau voyage ne te tente-t-il pas?

— Moi ! Mais.....

— Je connais à peu près tes ressources..... Tu peux te payer cette fantaisie. Réfléchis..... Les lacs, les montagnes, les glaciers..... Rien que d'y penser fait venir l'eau à la bouche.

— Ma présence serait gênante.

— Jamais de la vie. Veux-tu que je te dise? J'ai sondé le terrain, on t'acceptera. Si tu viens, je jouirai doublement. Je connais mes futurs compagnons de voyage. Papa et M. Félipier s'installeront confortablement dans les hôtels, monteront aux sommets en funiculaire, et, pendant le trajet, trouveront moyen de lire leurs journaux. Georgette traînera mon frère à sa remorque dans toutes les boutiques, en vue d'acheter d'affreux bibelots. Pendant ce temps, que ferai-je de mes enthousiasmes? Au lieu que si tu es là.....

— Non, non, ce serait une folie.

— Des folies, on n'en fait pas tous les jours. Tu ne retrouveras peut-être jamais l'occasion de commettre celle-ci, et elle est si jolie, si tentante. Enfin, tu as quarante-huit heures pour réfléchir.

..... Le résultat des réflexions de Madeleine se traduisit par ce passage d'une lettre adressée le surlendemain à Mme Villedaniel :

Qu'allez-vous penser, chère tante Laurence, en apprenant que dans cinq jours je pars pour la Suisse?

Oui, vous avez bien lu. Madeleine la recluse, Madeleine qui a passé quatorze ans entre les murs de Sainte-Foy et qui n'appréhendait rien tant que d'en sortir, va essayer du tourisme. Je me suis laissé séduire, Jacqueline m'entraîne, les autres consentent d'assez bonne grâce. Je vais faire une énorme brèche à mon revenu de l'année. Grondez-moi si vous me jugez imprudente.

Loin de gronder, Mme Villedaniel approuva sans restriction.

Lestoc et les Félipier étaient retournés, celui-là à Paris, ceux-ci en Normandie, où le parent dont ils étaient les heureux héritiers avait fait construire un château.

— La période d'abondance est close, avait dit Jacqueline à Madeleine, lorsque l'automobile rouge eut disparu, laissant derrière elle un nuage de poussière. Nous entrons dans la phase des économies obligatoires, laquelle dure tout le reste de l'année. Cette fois, le voyage en Suisse la coupera agréablement. Si tu es partisan du régime végétarien, tu vas pouvoir t'en donner. Ça se passe tous les ans de la même manière : papa aime à jouer au châtelain, il invite toujours quelqu'un au début des vacances, et maman, qui marcherait sur la tête pour lui plaire, se garde bien de faire grise mine aux importuns ; au contraire, elle met les petits plats dans les grands pour leur donner l'impression d'une vie large et confortable. Nous payons cet extra en nous bourrant de soissons et de pommes de terre. Peu importe à papa et à ma tante, ils ont leur côtelette quotidienne.

Au dîner, en effet, parut un rôti dont les dimensions étaient manifestement insuffisantes pour tous les convives. Prosper et sa sœur s'en adjugèrent avec sérénité une large part, et Mme Mazereuil offrit le dernier morceau à Madeleine, qui refusa. Même jeu au déjeuner du lendemain.

— Je t'en prie, ma petite Madeleine, dit la femme du professeur lorsqu'elles furent seules, prends de la viande sans t'occuper de nous. C'est notre coutume de nous contenter à peu près des produits du potager.

— La coutume est bonne, tante Lucile, je prétends m'y conformer.

— Tu payes ta pension, mon enfant, il est juste.....

— Que je fasse comme vous. N'insistez pas, ce qui vous suffit me suffira.

Au dernier moment, Armande annonça qu'elle serait du voyage.

— Je croyais qu'un séjour annuel à Royan vous était indispensable, ma tante, dit Jacqueline.

— Erreur, ma chère. J'ai consulté..... L'air alpestre sera aussi favorable à mes bronches que celui de la mer.

Sa malle étant prête, Madeleine offrit à Jacqueline de l'aider.

— Tu fais une bonne œuvre, dit celle-ci. Quand je me suis occupée des bagages, il se trouve que j'ai oublié la moitié des objets nécessaires. Il n'y a pas à compter sur maman : la valise de papa l'absorbe..... Il est d'une exigence ! Mon futur mari ne devra pas attendre de moi pareil dévouement. Plutôt rester fille que de me faire esclave. A propos, sais-tu que je viens d'être demandée en mariage?

— Toi ! Par qui?

— Par un monsieur qui a passé quelques jours à la Joliette.

— Jacqueline, ce n'est pas M. Lestoc?

— Si vraiment. Quelle mine épouvantée ! Que t'a-t-il fait, ce pauvre Lestoc?

— Rien, dit Madeleine rougissante. C'est irraisonné et peut-être déraisonnable..... J'aurais de la peine si tu l'épousais.

— Rassure-toi, il ne me plaît point. Papa en est contrarié, mais je ne me marierai pas pour lui faire plaisir, voilà ce qu'il n'entend pas très bien. Tant pis ! Je veux aimer mon mari.

Elle se tut un instant et reprit :

— Je veux l'aimer..... et l'estimer, c'est pourquoi je n'épouserai pas Lestoc, qui mange à plusieurs râteliers. Pourvu qu'on le paye grassement, il fait n'importe quelle besogne. Et puis, ajouta-t-elle d'un ton léger, je ne tiens pas à m'appeler Mme Lapoire.

— Comment? Lapoire !

— T'imaginais-tu que Lestoc est son vrai nom? Eh ! non, ma pauvre amie. Ce serait ridicule de signer : Lapoire un livre ou un premier-Paris. Il a adopté un pseudonyme : Lestoc, ça fait bon effet, ça sonne clair comme un cliquetis d'épées. Dommage que son épée à lui soit toujours à vendre. Aussi j'ai répondu non, un « non » très sec.

..... Madeleine s'éveille avec un vague sentiment de doute. Est-il bien vrai qu'elle est à Genève? Un coup d'œil sur la banale chambre d'hôtel la persuade qu'elle n'a pas rêvé. Ils sont arrivés dans la nuit, et maintenant, reposée, rafraîchie, une curiosité bien naturelle la pousse à visiter la ville.

En ouvrant sa porte, elle voit Jacqueline qui a mis, elle aussi, sa jaquette et son chapeau.

— Je pensais bien que tu allais sortir. Les autres dorment sur les deux oreilles. Acceptes-tu ma compagnie?

— Avec plaisir, dit Madeleine.

Elles descendirent pour déjeuner. Tout en faisant honneur au café au lait qu'on ne prend peut-être nulle part aussi bon qu'en Suisse, elles s'amusèrent de l'animation dont l'hôtel débordait et des groupes de voyageurs assis aux petites tables. Tous les idiomes s'y faisaient entendre, on se fût cru à la tour de Babel.

Un employé donna complaisamment aux jeunes filles les indications qui ne sont jamais marchandées aux touristes novices, et, leur guide à la main, elles longèrent les quais qui bordent le Rhône et le lac.

Bientôt lasses de ces quartiers trop bien peignés, elles laissèrent de côté les rues neuves aux brillants magasins et s'en allèrent vers le vieux Genève, pittoresque et grandiose, quoique morne, où vivent les souvenirs de la Réforme, où il semble à chaque pas qu'on fait dans ces rues montantes, bordées d'austères demeures, que l'on va voir surgir la maigre et sombre figure de Jean Calvin, figée dans cet orgueil qui lui faisait ériger en dogme sa propre infaillibilité et le poussa à faire brûler Michel Servet, coupable d'avoir une opinion autre que les siennes.

Ces hôtels antiques ont vu passer l'auteur de l'*Institution de la religion chrétienne ;* leurs maîtres ont fondé, de concert avec lui, la République genevoise et imprimé à la grande cité ce cachet de froide tristesse qui transparaît à travers le bruit et la gaieté de ses hôtes de passage.

Les deux amies tournaient l'angle d'une ruelle, quand un monsieur qui venait en sens inverse faillit les heurter. Il se découvrit aussitôt pour leur offrir ses excuses, avec la courtoisie d'un homme bien élevé, mais il s'interrompit à la moitié de la phrase et s'écria :

— Madeleine !

Interdite une seconde, elle reprit vite sa présence d'esprit et tendit la main au jeune homme :

— Marc, est-il possible que ce soit vous ?

— Je ne m'étonne plus que grand'mère ait insisté pour m'envoyer en Suisse, dit-il gaiement. Elle voulait me procurer l'heureuse surprise de vous rencontrer, cousine.

— En effet, je lui avais annoncé le jour de notre départ et fait connaître notre itinéraire.

— Elle savait donc de science certaine que vous étiez à Genève, et elle a tout combiné pour m'y faire venir en même temps. O machiavélisme des grand'mères !

— Je lui en suis, pour ma part, bien reconnaissante. C'est un vrai bonheur de vous voir, mon cousin, d'avoir des nouvelles toutes fraîches de ma chère tante Laurence. En quel état de santé l'avez-vous laissée ?

— Elle était aussi bien que possible. Je ne vous dirai pas qu'elle m'a chargée de ses amitiés pour vous..... Elle n'avait garde. Vous n'êtes pas seule à Genève, naturellement ? Mademoiselle est.....

Il s'inclinait du côté de Jacqueline.

— La fille de mon tuteur, Mlle Mazereuil. Jacqueline, je te présente mon cousin, Marc Villedaniel, docteur en médecine, exerçant à Rennes.

— Nous sommes descendus à l'hôtel des Anglais, Monsieur, dit Jacqueline. J'espère que vous y viendrez voir Madeleine et donner à mon père le plaisir de faire votre connaissance.

Marc s'inclina derechef.

— Puisque vous daignez m'y autoriser, Mademoiselle, j'aurai l'honneur d'aller saluer M. Mazereuil aujourd'hui ou demain, répondit-il.

Ils se séparèrent.

— Tu ne m'avais pas dit avoir un cousin en Bretagne, Mademoiselle la mystérieuse, dit Jacqueline.

— Je n'ai pas songé à t'en parler. Mme Villedaniel et son petit-fils ne sont pas, en réalité, mes parents, mais seulement des alliés de ma famille maternelle. Tante Laurence venait me voir au moins deux fois chaque année, Marc l'accompagnait. Nous nous sommes connus de tout temps et nous traitons familièrement, c'est tout. Il n'y a pas là-dedans le moindre mystère.

— Il est très distingué, ce jeune homme, sa physionomie est remarquablement intelligente.

— Elle n'est pas trompeuse. A Rennes, il est fort apprécié, malgré sa jeunesse; ses confrères les plus éminents en font grand cas. Et le cœur, chez lui, est à la hauteur de l'esprit. Sans négliger les riches, il a une clientèle de pauvres gens qu'il visite assidûment, et maintes fois il paye de sa bourse les remèdes qu'il prescrit. Au mois de mai, il s'est jeté dans la Vilaine, au sortir de table, pour sauver un malheureux qui était près de couler à fond, et il faillit succomber, victime de son dévouement. C'est sa grand'mère qui me l'a écrit.

— Ah! elle te parle de lui?

— Dans toutes ses lettres.

Jacqueline regarda fixement son amie et garda le silence.

V

— Est-ce demain, décidément, que nous montons au Righi?

Jacqueline lance, en déjeunant, cette question, qui semble particulièrement adressée à son voisin de gauche, le Dr Villedaniel.

Ils sont à Lucerne, dans le même hôtel. Marc, qui plaignait Madeleine de demeurer chez les Mazereuil, Marc, sans y être contraint, s'est joint à eux pour le voyage.

Qui donnera la clé des apparentes incohérences de l'esprit humain? Le fait est là, indéniable; l'explique qui pourra. Cette liaison au moins bizarre s'est ébauchée lors de la première visite du jeune homme à l'hôtel des Anglais. Des promenades faites en commun l'ont resserrée.

Marc Villedaniel est un charmeur. S'il voit la Suisse pour

la première fois, il a lu les meilleures pages écrites sur cette terre petite par l'étendue, grande par les souvenirs. Il trouve devant un morceau de pierre, une nappe d'eau bleue, un pic couronné de neige, les mots évocateurs qui tirent le passé de la poussière et le mettent debout, vivant et palpitant. En outre, il possède à fond l'art de discuter sans blesser ses contradicteurs. Si la controverse jaillit (et cela ne peut manquer de se produire), le sang-froid et la modération du jeune docteur la maintiennent dans les bornes d'une rigoureuse courtoisie. Armande elle-même n'a pu, jusqu'ici, trouver l'occasion de lancer ses diatribes accoutumées contre le catholicisme et les prêtres, et ses remarques acerbes restent sans écho.

Ainsi l'harmonie se maintient parmi nos voyageurs.

Ils firent sur le Léman et autour de Genève les excursions obligées. Thonon, Evian, Lausanne, Vevey reçurent leur visite. Ils saluèrent, à Coppet, le tombeau de Mme de Staël, déclamèrent les vers de Byron devant la forteresse de Chillon et poussèrent jusqu'à la célèbre vallée de l'Arve, pour voir de près le géant des Alpes. De là, ils gagnèrent l'Oberland, admirèrent la Jungfraü et le Finstéraahorn, séjournèrent brièvement à Berne, le temps de visiter les musées, l'hôtel de ville, le palais fédéral et le Münster superbe et désolé, dont la nudité pleure les splendeurs du culte catholique, de parcourir les rues curieuses et pittoresques, de longer les bords de l'Aar, de voir les ours et les fontaines.

Ce voyage est un enchantement pour Madeleine. Elle s'en étonne parfois et pense :

— Moi qui me croyais d'humeur casanière ! Comme on se connaît mal !

Cela doit être, car elle ne voit plus très clair au dedans d'elle-même. La joie qui rayonne dans ses yeux met un trouble dans son cœur. C'est quelque chose de très doux, bien qu'un peu confus, et de très cher, malgré sa nouveauté. Elle est heureuse comme on l'est en rêve et voudrait ne jamais s'éveiller.

La présence de Marc lui a procuré la jouissance de penser tout haut. Certes, Jacqueline est loin de ressembler à la poupée frivole et insignifiante qu'est Georgette Félipier. La nature n'est pas un livre dont elle dédaigne de tourner les pages. Elle possède le sens esthétique et vibre à l'égal de son amie devant un site splendide. Mais tout pour elle se borne à une stérile admiration. Semblable à l'oiseau retenu en cage, son âme ne sait pas, d'un coup d'aile, s'élever de la contemplation de la beauté créée jusqu'à l'adoration du Créateur, et près d'elle Madeleine reste muette.

Marc l'a délivrée de cette contrainte. L'un et l'autre sentent de même sorte et communient dans un élan de foi et d'amour vers l'Auteur de toutes ces merveilles.

..... A la question de Jacqueline, le docteur répondit par une autre question :

— Qu'en pensent ces dames?

— Bien sûr, c'est demain ! s'écria Georgette. Ces Anglaises qui déjeunaient à côté de nous se proposent aussi d'y aller. Ce sera plus agréable de faire l'ascension en leur compagnie.

— Il y a tous les jours des touristes sur le Righi, en cette saison, dit son père.

— Oui, mais Georgette tient à ses Anglaises, fit Armande, laquelle témoignait à la fille de Félipier une aménité indulgente tout à fait contraire à ses habitudes.

— C'est vrai. Elles m'amusent tout plein, ces petites miss ; elles sont drôles, avec les plaids dont elles s'encombrent partout et leur manière de se placer toutes les six sur une même ligne.

— Va pour demain, dit Mazereuil, puisque tout le monde aspire à cette fameuse ascension.

— Peuh ! reprit Jacqueline, je m'attends à une déception. Le soleil pourrait bien ne pas se mettre à nos ordres..... Et puis, monter au Righi en funiculaire, c'est d'un banal !.....

— Tout le monde le fait, dit Georgette avec sérénité. Nous emporterons quand même nos alpenstocks.....

— Dont nous n'aurons pas l'occasion de nous servir. J'aimerais à escalader quelque cime farouche que les hôtels n'auraient pas envahie.

— Nous en trouverons, dit Marc. Cependant, tout ultra civilisé qu'on l'a fait, le Righi mérite encore notre admiration. On jouit là-haut d'un panorama merveilleux.

L'ascension au Righi, Madeleine l'entreprend avec une joie enfantine. C'est la première..... On a quelque peu brûlé les Alpes bernoises, M. Félipier, qui sait compter, ne voulant pas dépasser la somme sacrifiée d'avance. Tandis que le bateau fend le lac des Quatre-Cantons, la jeune fille, ravie, regarde fuir les prairies d'émeraude, les villages aux jolis chalets, les sommets irradiés par un brillant soleil.

Voici Vitznau. Les passagers débarquent, et le funiculaire commence à gravir la pente sans que l'enchantement cesse. Jacqueline se penche sur les profondeurs côtoyées par la voiture.

— Que ne puis-je mettre pied à terre un instant, dit-elle, ne serait-ce que pour avoir le vertige !

Une grande animation règne au sommet. Des groupes se promènent devant l'hôtel, dont les fenêtres laissent échapper des flots d'harmonie.

— Je savais bien qu'on me gâterait le Righi, dit Jacqueline, s'appuyant sur la balustrade. Oh ! ces garde-fous ! sont-ils assez détestables?

— Il en faut pour ceux qui te ressemblent, riposte son frère.

— Tu es gracieux. Merci. Ton avis, Madeleine?

Madeleine a oublié les touristes bruyants, l'hôtel, les banalités qui l'entourent. Son regard embrasse un admirable tableau. En bas, le lac semble une coupe d'émeraude dont les bords se sont rapprochés, les chalets et les arbres sont comme des jouets de Nuremberg. En haut, les montagnes se détachent, éblouissantes, sur le ciel d'un bleu de lapis.

— Ne critique pas, Jacqueline. C'est si grand, si beau ! Que la terre, vue de haut, paraît peu de chose, et que l'on se sent proche de Dieu !

— Oui, dit la voix grave de Marc, ici, comme devant la mer, on est saisi par l'Infini, et le *Te Deum* de la louange jaillit des profondeurs de l'âme.

— Nous ne nous comprenons plus, dit Jacqueline brusquement. Après tout, la foi est peut-être un bonheur..... Je devrais vous l'envier.

— Laisse-moi espérer que ce bonheur sera un jour le tien, fit Madeleine avec émotion.

— Jamais ! Ne te leurre pas d'une illusion. Entre la foi et moi, l'éducation a creusé un abîme qui ne peut être comblé.

Elle vit les yeux de Marc attachés tristement sur elle.

— En êtes-vous bien sûre? dit-il. Dieu tient dans sa main le cœur de l'homme, sa grâce opère des miracles.

— Croyez bien qu'elle ne fera pas celui-là, dit Jacqueline, relevant la tête d'un air de défi.

Puis, changeant de ton :

— Nous avons bien fait de venir. Le soleil nous gâte, en notre honneur il donne grande fête ce soir. Voyez comme les pics rosissent.

— Dans quelques minutes, ce sera l'embrasement général, dit Marc. La Jeune-Vierge mêle déjà des rubis aux diamants de sa couronne.

— Où est-elle, cette jeune vierge? cria Georgette, qui n'avait entendu que la fin de la phrase.

— M. Villedaniel parle de la Jungfraü, dit Jacqueline dans un éclat de rire. Ce nom signifie vierge ou jeune fille.

— Ah! tant pis! Est-ce que je connais l'allemand, moi?

Tous les sommets étaient incendiés, les glaciers ressemblaient à des écrins garnis de gemmes étincelantes, le lac chatoyait. Peu à peu, ces ardeurs de fournaise s'atténuèrent. Les neiges devinrent roses, d'un rose idéal ; des lueurs mauves rampèrent le long des pentes, l'Occident se teinta d'orange et de vert tendre, et dans la vallée l'ombre s'étendit.

Armande avait tourné le dos à la féerie et prêtait l'oreille aux propos des autres touristes. Mazereuil et Félipier étaient entrés à l'hôtel. Lionel les eût suivis s'il n'eût été retenu par sa fiancée, qui choisissait dans les boutiques des souvenirs de son ascension. Marc demanda à ses compagnes la permission de leur offrir des fleurs. Madeleine et Georgette acceptèrent un bouquet d'edelweiss. Armande même daigna en glisser quelques-uns à sa ceinture.

— Merci, dit Jacqueline, repoussant les étoiles d'argent avec un sourire qui corrigeait son refus. J'aime les edelweiss, mais je tiens à les cueillir sur un sommet que nul funiculaire n'aura profané.

On fut dehors de bonne heure, le lendemain, pour assister au lever de l'astre-roi. Mais les touristes proposent et les nuages disposent. Un voile opaque s'étendait sur le ciel ; le soleil le perça avec peine, juste assez pour projeter sur les cimes un faisceau lumineux. Puis le rideau se referma.

— ..... Es-tu prête, Madeleine? demande Jacqueline en heurtant à la porte de son amie.

Pas de réponse, mais un rire frais dans le corridor. Jacqueline se retourne et voit Madeleine avec son chapeau et ses gants.

— Tu as déjà fait une sortie? A quelle heure t'es-tu levée?

— A 3 h. ½, pour assister à la messe d'un prêtre français qui parcourt la Suisse avec son élève. Je l'avais entendu dire à table d'hôte qu'il monterait à l'autel à 4 heures précises.

— Ainsi, tu gardes en voyage tes habitudes dévotes? Et tu as prié pour moi, je parie?

— Je prie chaque jour pour toi, ma petite Jacqueline.

— Merci quand même. Tu sais que Georgette est de la partie? Lionel aussi, naturellement. Ça le rend tout grognon..... Il n'aime pas à se vanner. S'il est déjà las de son rôle d'amoureux, c'est d'un heureux augure pour le futur ménage.

Armande et Félipier n'étant nullement tentés par la perspective de suer sang et eau pour escalader une montagne, Prosper Mazereuil s'était dévoué. D'ailleurs, il ne lui déplaisait pas de jouer au jeune homme.

Marc avait fait choix d'un sommet ignoré des touristes, mais dont la situation promettait une vue magnifique. En dépit de la raideur du versant, l'épais gazon dont il était couvert rendait la marche relativement aisée.

Bientôt, cependant, il devint nécessaire de n'avancer qu'avec prudence. Les sentiers suivaient le bord de profonds ravins où un seul faux pas pouvait précipiter les excursionnistes. Il fallait escalader de gros quartiers de roche, gravir des pentes presque verticales. Les riches pâturages avaient fait place à une herbe maigre.

— Que diable! dit Mazereuil en s'essuyant le front, nous sommes allés assez haut pour nous rompre le cou. Nous pouvons redescendre.....

— Sans edelweiss! se récria Jacqueline. N'y compte pas, père. Si tu es fatigué, tu peux t'asseoir à l'ombre de ce bloc de rochers, nous t'y retrouverons.

Lionel proposa à Georgette d'imiter Mazereuil. Elle s'y décida après une courte hésitation.

Marc, Jacqueline et Madeleine continuèrent vaillamment à monter. Toute trace de végétation avait disparu, la neige couvrait les pentes escarpées.

— L'edelweiss n'aime pas les paresseux! s'écria tout à coup Jacqueline. Maintenant que nos compagnons se sont lassés, il se montre à nous.

Les fleurs alpestres s'élevaient de tous côtés. Madeleine en tenait une touffe superbe.

— Qu'elles sont pures ! dit-elle. Ne croirait-on pas que Dieu les a ciselées dans cette neige dont elles ont pris le virginal éclat?

— Emblème des âmes très hautes, dit Marc. Elles ne demandent rien à la terre et fleurissent sur les sommets pour le seul regard de leur Créateur.

— Poètes ! leur cria Jacqueline en riant. Pendant que vous composez une ode en l'honneur des edelweiss, j'en ai fait une ample moisson.

La dernière syllabe mourut en un cri d'angoisse. Le pied de la jeune fille avait glissé..... Elle chancela et s'inclina au-dessus du précipice qui bordait l'étroit sentier.

— Sainte-Vierge, sauvez-la ! cria Madeleine en s'élançant pour la retenir.

Marc l'avait devancée. Avec une prestigieuse promptitude, il saisit un pan de la robe de Jacqueline et l'attira vigoureusement à lui. Dans ce mouvement, il glissa à son tour et dut se cramponner au bord de la corniche pour ne pas rouler dans l'abîme.

Jacqueline reprenait pied. Elle n'avait pas lâché son bouquet, qu'elle serrait sur sa poitrine comme s'il lui fût devenu plus cher. Ses joues étaient un peu pâles et ses beaux yeux humides.

— Je n'oublierai jamais que, pour me sauver, vous avez risqué votre vie, dit-elle, tendant la main à Marc.

— C'eût été bon de mourir pour vous, murmura-t-il très bas.

En même temps, il voulut se relever, mais il retomba.

— Vous seriez-vous cassé la jambe? dit Jacqueline?

Elle devenait très rose, tandis que le sang abandonnait les joues de Madeleine.

— Ce n'est qu'une entorse, dit Marc.

Il se déchaussa. Sa cheville enflait à vue d'œil. Madeleine ramassa une poignée de neige et l'appliqua sur le point douloureux.

— Cela me soulage. Merci, cousine. Le difficile sera de redescendre..... Je ne puis remettre mon soulier.

— Que ne sommes-nous assez robustes pour vous porter ! soupira Jacqueline. Comment allons-nous faire?

— Il faut aller chercher mon tuteur et M. Lionel, opina Madeleine.

— Où avais-je l'esprit? Restez là, j'y vais.

Madeleine continua à mettre sur la cheville des compresses de neige qui fondait bien vite et qu'elle remplaçait aussitôt. Quand les Mazereuil père et fils arrivèrent, le pied était un peu moins endolori. Soutenu, presque porté par les deux hommes, Marc redescendit péniblement.

VI

— Ce petit accident me retiendra trois ou quatre jours de plus à Lucerne, dit le jeune docteur à ses compagnons. Que cela ne vous empêche pas de partir après-demain.

— Telle est notre intention, répondit Félipier, puisque votre état, heureusement, n'inspire aucune inquiétude. Convenons de l'endroit où nous nous retrouverons. Sera-ce à Zurich?

— Je n'irai pas directement à Zurich, dit Marc. Mon intention est de me rendre d'abord à Einsiedeln..... C'est promis.

La fermeté de son accent ne permettait pas les railleries. D'ailleurs, Prosper Mazereuil ne pouvait oublier que c'était pour avoir sauvé Jacqueline que Marc était réduit à rester étendu sur un canapé, dans une chambre d'hôtel. La descente de la montagne avait fait enfler énormément la cheville, il lui fallait un repos complet, la moindre imprudence eût retardé la guérison.

— Eh bien! dit Jacqueline, fixons le rendez-vous à Einsiedeln. L'église, paraît-il, est curieuse. Une fois en sa vie, on peut bien voir un lieu de pèlerinage.

— Vous avez raison! cria Georgette. Ce doit être amusant à voir, des pèlerinages..... Les processions, les cierges, les costumes de tous pays..... Allons à Einsiedeln.

— La vallée de l'Alp, les lacs de Zug et de Zurich, c'est intéressant, dit Mazereuil.

Ce programme n'était pas tout à fait celui de Félipier. Il n'osa toutefois se montrer trop récalcitrant, et la décision fut arrêtée dans le sens qui plaisait à la majorité.

On avait réservé pour cette dernière journée une visite à Altorf et au champ historique du Grütli. Madeleine demanda à être dispensée de l'excursion pour tenir compagnie à son cousin.

— Je voudrais être à ta place, lui dit Jacqueline. Au lieu

d'entendre les inepties de Georgette, qui est ignorante comme une carpe, tu jouiras de la conversation de M. Villedaniel. Mais voilà..... Les convenances te permettent ce qui m'est interdit, parce que tu lui dis : cousin. Une sotte chose, les convenances ! Les sauvages sont plus heureux que nous.

Cette boutade n'arracha pas un sourire à Madeleine. L'accident de la montagne l'avait péniblement impressionnée, elle restait toute sérieuse.

On vint dire au revoir à Marc, on lui souhaita de ne pas trop regretter la promenade. Madeleine, après avoir renouvelé la compresse d'eau glacée sur la cheville de son cousin, s'assit dans une embrasure, avec un ouvrage au crochet. Tous deux restèrent muets d'abord. Pensaient-ils au Grütli et à l'héroïque légende de Guillaume Tell? La dentelle s'allongeait sous les doigts de la jeune fille.

— Cousine ! appela Marc.

Elle posa son crochet.

— Ne vous dérangez pas, je veux seulement causer. Je vous ai toujours regardée comme une chère petite sœur....., et vous êtes si bonne, si sage !..... Vous ne me refuserez pas un conseil.

Elle reprit son travail sans répondre. Vraiment, une réponse n'était pas nécessaire. Marc le pensa et poursuivit :

— J'ai été un peu égoïste en souffrant que vous vous priviez d'un plaisir. Pardonnez-moi, j'avais besoin de m'épancher. Ce que je vais vous dire, personne ne le sait encore. Grand'mère avait droit à en être instruite tout d'abord, mais, pour la première fois, je redoute sa sévérité. J'aime....., j'aime de toute mon âme..... Vous devinez bien qui?

Il parut attendre qu'elle prononçât un nom. Elle se taisait toujours. Alors il dit avec une sorte de ferveur :

— Votre amie, Mlle Jacqueline.

Le crochet tomba. Madeleine se baissa pour le ramasser, tandis que le jeune homme reprenait :

— Je l'aime depuis l'instant où je la rencontrai avec vous, dans cette ruelle de Genève. Moi dont le cœur ne s'était ému jusque-là devant aucune femme, j'ai senti que mon bonheur dépendait de celle-ci. Je l'ai revue tous les jours et mon amour s'est affermi. Il me semble être payé de retour. Me trompé-je, Madeleine? Je ne suppose pas qu'elle vous ait fait des confidences. Les jeunes filles, sur ce point, sont plus réservées que nous. Mais elles ont beau se tenir sur leurs gardes, qui les observe pénètre aisément leur secret.

Est-ce bien vrai, cela, Marc ? ou bien êtes-vous si mauvais observateur que vous n'ayez su lire en celle qui vous écoute?

Madeleine débrouilla son fil qui s'était emmêlé, puis tourna un peu la tête du côté de la croisée, d'où l'on voyait la Reuss et les vieux ponts.

— Je ne puis rien affirmer, dit-elle d'une voix dont la fermeté la surprit elle-même, mais je vous crois sympathique à Jacqueline, mon cousin.

— Ah ! merci, chère Madeleine. Son père, si je ne m'abuse, ne me la refusera pas. La résistance viendra de grand'mère. Pauvre grand'mère ! Elle se fera difficilement à l'idée de me voir épouser Mlle Mazereuil, mais elle cédera, pour ne pas me voir malheureux. Après, Mlle Jacqueline se fera aimer..... Elle est si captivante ! Le point noir, c'est qu'elle n'a pas de principes religieux. Est-ce sa faute si son éducation et son entourage l'ont orientée vers l'erreur? Ce sera ma mission de l'instruire, de faire tomber un à un les préjugés qui la séparent de Dieu. Il y faudra beaucoup de patience et de tendresse..... Ni l'une ni l'autre ne me manqueront.

Pourquoi avait-il parlé de conseil? Il n'avait cherché qu'une confidente. Madeleine pouvait se taire.

— Es-tu contente de ta journée? demanda-t-elle machinalement à Jacqueline, quand les promeneurs revinrent.

— Peuh ! Les excursions, ça finit par être fastidieux. On va très loin pour voir..... quoi ? De l'herbe qui ressemble à n'importe quelle herbe. On a les oreilles rompues par des propos saugrenus ou des dissertations pédantes, et on retourne après avoir avalé beaucoup de poussière. Ta journée, j'en suis sûre, a été meilleure.

Enfin, Madeleine put goûter le bienfait de la solitude. Bien qu'elle eût le cœur oppressé, ses yeux restèrent sans larmes. Elle ne retourna pas le fer dans sa blessure, elle ne s'en prit point à Jacqueline. Celle-ci n'avait été ni coquette ni dissimulée. En toutes circonstances, elle s'était montrée telle qu'elle était : indépendante, téméraire, orgueilleuse. Trois jours avant, sur le Righi, n'avait-elle pas fait, en quelque sorte, publiquement profession d'incrédulité? N'avait-elle pas déclaré qu'elle entendait rester irréductible?

Madeleine chercha le soulagement dans la prière. Elle montra sa blessure à Dieu, lui demandant de la cicatriser et surtout de ne jamais permettre qu'un œil humain pût l'entrevoir. Puis, songeant avec effroi aux confidences de Marc, elle offrit sa propre douleur pour qu'il fût heureux, pour que Jacqueline fût éclairée.

— ..... Nous sommes fidèles au rendez-vous, hein? J'avais presque peur de ne pas vous y voir. Comment ça va-t-il?

— Beaucoup mieux, merci, dit Marc, en répondant à la poignée de main de Mazereuil. Je ménage mon pied pour ne pas réveiller la douleur. Après-demain, il n'y paraîtra plus.

— De quel côté dirigeons-nous nos pas? dit gaiement Jacqueline.

— Vous arrivez, n'est-ce pas? Peut-être n'avez-vous pas déjeuné. Cherchez un hôtel pendant que j'irai à l'église.

— Parbleu! Nous vous suivons, dit Félipier, puisque nous sommes venus pour la voir, cette fameuse église.

A ce moment, Marc eut honte de ses compagnons.

— Ne venez pas tout de suite, dit-il vivement. C'est l'heure des messes, je crois même qu'il y a un pèlerinage..... Vous seriez gênés pour voir et vous troubleriez les fidèles.

Il n'y avait pas un seul pèlerinage, mais deux : l'un de Glaris, l'autre de la Bohême. Les marbres précieux et les ors étincelaient sous la clarté des cierges. Dans la chapelle élevée sur l'emplacement de l'oratoire de saint Meinrad, l'image miraculeuse de la Vierge resplendissait des feux de ses pierreries. Nombre de pèlerins, prosternés sur le pavé, priaient avec cette ferveur qu'on n'admire plus guère que dans les lieux consacrés par la mémoire de bienfaits signalés du ciel. Marc s'arrêta là quelques instants, puis monta vers l'église principale pour y entendre la messe. Quand il s'agenouilla à la Table sainte, il entrevit un béret blanc bien connu, et, malgré le recueillement de cette minute, il sut que Madeleine était là.

Il la retrouva au moment de sortir. Jacqueline était près d'elle. Trempant le bout de ses doigts dans l'eau bénite, il l'offrit à sa cousine. Devant Jacqueline, il hésita.

— Inutile, dit-elle, je ne saurais pas en faire usage. Je suis entrée tout de suite, en dépit de votre défense, continua-t-elle lorsqu'ils furent dehors. Vous savez que je ne fais que ma volonté.

— Je n'ai pas le droit de vous imposer la mienne, répondit-il avec une nuance de tristesse.

— C'est à cause de moi que vous teniez à venir ici, n'est-ce pas?

— Oui, Mademoiselle. A l'instant où nous vous vîmes, Madeleine et moi, suspendue au-dessus du gouffre, j'entendis ma cousine s'écrier : « Sainte-Vierge, sauvez-la ! » Et immédiatement je fis vœu d'aller à Einsiedeln rendre grâces à la Mère de miséricorde si elle protégeait votre existence. Ma promesse est remplie.

— C'est à peu près ce que j'avais supposé, dit Jacqueline plus doucement. Vous êtes tous deux de vrais amis. Si mes paroles vous ont affligés, tout à l'heure, ne m'en veuillez pas..... Mon cœur est meilleur que ma tête. Je puis être rude, brutale quelquefois, jamais ingrate.

La figure de Marc s'illumina, il n'en fallait pas plus pour le rendre heureux.

..... Vers la fin de l'après-midi, alors que ses compagnons erraient aux environs de la petite ville, Madeleine retourna à l'église. Les offices étaient finis, quelques fidèles priaient çà et là. La jeune fille s'agenouilla aux pieds de la Vierge de Meinrad. Ses lèvres ne remuaient pas..... Est-il besoin de paroles articulées pour se faire entendre de la Reine du ciel? Entre son cœur et celui de l'enfant s'opérait un ineffable échange. Madeleine faisait généreusement et sans arrière-pensée le sacrifice de ses espoirs terrestres, des rêves innocents qui l'avaient bercée pendant quelques jours, et elle sentait descendre en elle un baume mystérieux et suave : c'était la paix divine, celle dont l'Apôtre nous dit qu'elle surpasse tout sentiment et que ne sauraient procurer toutes les jouissances de ce bas monde.

..... A Zurich, l'hôtel où descendirent nos voyageurs était littéralement bondé. Jacqueline partagea la chambre de Madeleine.

— Ne nous couchons pas tout de suite, assieds-toi là, dit la fille de Mazereuil, plaçant la lampe de telle façon que le visage de son amie fût en pleine lumière, pendant que le sien restait dans la pénombre. Ecoute : M. Villedaniel m'a demandé aujourd'hui..... tu sais quoi. Il m'a dit t'avoir fait ses confidences. J'ai répondu oui, mais une crainte m'est venue depuis..... Madeleine, dis-moi que je ne prends pas ton bonheur.

Puis, fermant de ses doigts la bouche de Madeleine :

— Laisse-moi finir. Il me semblait que le cœur de ton cousin devait aller tout naturellement vers toi. Vous vous ressemblez, il n'y a pas à le nier..... Vous avez mêmes croyances, mêmes principes et mêmes goûts, à ce point que toujours vous vous rencontrez dans une même pensée. Entre vous deux, sûrement, il n'y aurait jamais un nuage. C'est moi qu'il aime, pourtant. Mais toi, Madeleine, toi? Vois-tu, je ne serais pas complètement heureuse s'il me fallait l'être à tes dépens. Je t'aime et t'apprécie, oh ! oui. Je sens que tu es une amie sûre, que l'on peut s'appuyer sur toi, tout te confier sans craindre une trahison, une défaillance. Je te sais assez généreuse pour te sacrifier. Regarde-moi, tes yeux ne savent pas mentir, et parle maintenant.

Elle retira sa main. Calme et souriante, Madeleine la regardait.

— Ma Jacqueline chérie, tu peux être tranquille. Marc est un frère pour moi, rien qu'un frère.

Sa franchise n'était pas feinte; son cœur ne battait pas plus fort que de coutume. Aux pieds de Notre-Dame des Ermites, elle avait courageusement immolé son naïf amour.

— Tu dis vrai, je le vois, murmura Jacqueline avec un soupir d'allégement. Ah ! que ça me fait de bien !

— Marc a-t-il parlé à ton père?

— Pas ouvertement, mais papa a compris. Après-demain, nous serons à Bâle, dans trois jours à Belfort. Là, M. Villedaniel nous quittera..... Il veut avant tout avertir sa grand'mère. Madeleine, je suis bien heureuse.

— Fais qu'il soit heureux, lui aussi, dit Madeleine en l'embrassant. Il t'aime tant et il est si bon !

VII

La journée s'achève. Elle a été un peu lourde pour la saison, il y a des menaces d'orage dans l'atmosphère. Maintenant que le soleil est près de se coucher, Mme Villedaniel va chercher la fraîcheur sur la grève. Munie de la canne dont ses rhumatismes ne lui permettent pas de se séparer, elle sort par la barrière rustique qui ferme la cour et s'engage dans un sentier rocailleux.

— Vous n'avez rien pour vous couvrir, Madame, lui crie Naïk de sa cuisine. Il ne vous faudrait qu'un vilain coup de vent dans le dos pour prendre un rhume. Attendez, je vais chercher votre capulet.

Mme Villedaniel s'arrête une minute. Naïk revient, portant le léger vêtement blanc qui a les préférences de sa maîtresse ; elle le lui arrange sur la tête et les épaules, et la figure fine de la vieille dame paraît plus jolie sous cette auréole neigeuse.

— Comme ça vous ne craindrez rien, reprend Naïk. Il ne faut pas que M. Marc vous trouve malade à son retour..... Il ne peut guère tarder, je pense.

— Certainement. J'attends la lettre qui me l'annoncera. Que de belles et heureuses choses il va nous conter, ma bonne Naïk !

Elle s'en va, souriante, à petits pas ; elle tourne le sentier, et la mer apparaît. La grande amie est d'humeur sombre, un grondement de mauvais augure monte de ses profondeurs, les vagues se tordent comme des êtres que l'on torture et viennent s'écraser sur le sable avec de longs sanglots.

Mme Villedaniel a ses habitudes sur la grève. Elle contourne un rocher bizarre qui profile sur le ciel deux pointes aiguës en forme de cornes et trouve sa retraite ordinaire, dans un creux au fond duquel se dresse un fauteuil de pierre.

A présent, elle laisse ses yeux errer sur ce tableau dont on ne se lasse point. En haut, en bas, deux immensités : le ciel noir, la mer tourmentée. Des voiles filent vers Cancale, dont la pointe se devine à gauche ; plus loin, à droite, c'est le Mont Saint-Michel, couronné par la statue colossale de l'archange.

Après une muette contemplation, Mme Villedaniel tire de sa poche un chapelet aux grains usés et trace sur elle le signe de la croix. Mais elle n'a pas le temps de commencer sa prière, quelqu'un s'approche, on vient la troubler dans son refuge.

— Bonsoir, chère grand'mère !

— Mon petit Marc !

Les bras de l'aïeule s'ouvrent bien grands.

— Tu as voulu me surprendre. Je ne pensais te voir que dans trois ou quatre jours. Ce n'est pas un incident fâcheux qui te ramène? Tu n'es pas souffrant?

— Voyez ma mine, grand'mère.

— Grâce à Dieu, tu respires la santé. Et Madeleine?

— Je l'ai laissée bien portante, ainsi que tous mes compagnons de voyage.

— Oh ! les autres t'intéressent peu, je crois.

Elle est intimement persuadée que Marc ne s'est résigné à fréquenter les Mazereuil que pour voir plus souvent sa cousine.

— Tu ne fais qu'arriver?

— Oui, grand'mère. Naïk m'ayant dit que vous étiez sur la grève, je suis venu droit au rocher de la Chèvre.

— Mais tu n'as pas dîné, il faut rentrer.

— Je n'ai pas faim. Restons un peu ici, et ne vous dérangez pas pour me faire une place, je serai mieux sur l'escabeau que fait le rocher, cela me rappellera mon enfance.

Il s'assit comme il le préférait, mais ne put parler sur-le-champ. L'aveu qu'il avait à faire ne se décidait pas à sortir de sa gorge serrée, il aurait voulu en reculer le moment. Enfin, il releva la tête.

— Vous souvenez-vous, grand'mère, qu'au début des vacances vous me demandiez si je pensais au mariage? Eh bien ! j'ai trouvé la femme que j'aimerai pour la vie.

Elle se pencha vers lui, l'enveloppa de ses bras :

— Cher petit ! Vite, le nom de l'élue. Je le devine, mais je veux l'entendre de ta bouche.

Il pâlit et ses traits se durcirent. Se dégageant de la douce étreinte de l'aïeule :

— Celle dont je veux faire ma femme a nom Jacqueline Mazereuil.

Mme Villedaniel eut un cri douloureux : « Quoi ! ce n'est pas Madeleine ? » qui fut pour Marc un trait de lumière.

— Madeleine est peut-être trop parfaite pour moi, dit-il en baisant les mains de sa grand'mère. Nous ne sommes pas maîtres de notre cœur. Il va où il veut et nous le suivons sans regimber.

— Tais-toi, fit-elle, révoltée. Si le cœur se porte vers un objet indigne, la volonté est là pour corriger ses écarts. Toi, Marc Villedaniel, fils d'une race croyante et généreuse, tu oses me dire que tu aimes la fille de Mazereuil le sectaire, la nièce de la citoyenne Mazereuil, dont la bave haineuse se répand sur tout ce qu'il y a de sacré !

— Que m'importent les parents ! s'écria le jeune homme. C'est Jacqueline seule que j'aime.

— Malheureux ! ils l'ont formée à leur image. C'est une libre penseuse.

— C'est une âme à conquérir, une âme droite et noble. Dieu a mis en elle le germe des vertus que la foi développe et rend méritoires pour le ciel. Elle est douce aux petits, aimante et loyale. Je l'ai vue vider sa bourse dans les mains d'une pauvre mère de famille, et ce geste était d'autant plus beau que la bourse ne devait pas être regarnie, car les Mazereuil sont loin d'être riches. Je ne ferai pas un mariage d'argent.

— Est-ce de calcul que je t'accuse ou penses-tu que je rêvais pour toi ce qu'on appelle une union brillante? Cette jeune fille, dis-tu, a des vertus naturelles. Je ne le nie pas, mais elles ne peuvent être qu'un édifice sans fondements solides. Que peux-tu en attendre? Où puisera-t-elle l'esprit de fidélité à ses devoirs? Les vertus purement humaines sont un piètre secours contre les entraînements de la passion.

Marc protesta d'un geste indigné.

— Soit, je veux qu'elle soit honnête. Est-ce là tout ce qu'il te faut? As-tu réfléchi au martyre que tu vas t'imposer? O mon enfant, ressaisis-toi pendant qu'il en est temps encore. On a beaucoup parlé du malheur de la chrétienne qui épouse un impie, mais plus grand mille fois est ce malheur quand le paganisme se trouve du côté de la femme. Car la femme tient en ses mains l'honneur et la paix du foyer. Faudra-t-il qu'éternellement vous soyez divisés sur la question primordiale? Te laisseras-tu lâchement entraîner sur la voie des concessions, au risque de tarir en toi la sève surnaturelle et de voir ta foi se stériliser et s'amoindrir? Et les enfants? As-tu pensé, mon fils, aux êtres qui naîtront de toi et dont tu seras comptable devant Dieu? L'enfant est le bien propre de sa mère, elle le pétrit comme il lui plaît, elle est sa première éducatrice et l'inspiratrice de ses premiers actes conscients. Marc, tes enfants aimeront-ils Dieu si leur mère ne le connaît pas?

— Grand'mère, ne vous l'ai-je pas dit tout à l'heure? l'âme de Jacqueline aspire inconsciemment à la vérité. Si la Providence me réserve de l'y conduire, ne serais-je pas coupable en refusant cette tâche?

— Et elle, voudra-t-elle se laisser guider?

L'anxiété étreignit le cœur de Marc. Il pensa à l'orgueil que trahissaient toutes les paroles, toutes les démarches de Jacqueline, mais il réagit contre cette impression de crainte.

— Grand'mère, je vous en conjure, ne voyez pas l'avenir si noir. J'attends beaucoup de l'ambiance, des influences bénies qui vont entourer Jacqueline.

— Illusion ! utopie ! Tu ne sais quelle œuvre ardue est la conquête d'une âme, ce qu'il faut de prières, de larmes, de croix pour sa rançon.

Un silence tomba entre eux. A l'Ouest s'amoncelaient les nuées livides. Soudain, le vent souffla en tempête, et les vagues, qui avaient un instant molli, se soulevèrent avec fureur.

— L'orage monte, dit Marc, rentrons.

Mme Villedaniel se leva lentement.

— Regarde, dit-elle en étendant le bras. Vois-tu ce bateau qui là-bas lutte contre la bourrasque? Les pêcheurs en sont maîtres, pourtant, et, avec la grâce de Dieu, il atteindra la côte, car il obéit à son gouvernail. Imagine-le privé de ce puissant secours, allant à la dérive, jouet des vagues qui se le rejettent l'un à l'autre, jusqu'au moment fatal où il ira se briser sur un écueil. Voilà l'image de la famille où Dieu ne gouverne pas, et il ne peut gouverner, entends-tu, quand l'un des époux le repousse. Et c'est sur ce misérable esquif que tu prétends faire la traversée de la vie !

Il ne répondit pas, et elle sentit que tous ses efforts à elle seraient vains et qu'il s'obstinerait jusqu'au bout. Elle appuya sa main tremblante sur le bras qu'il lui présentait.

— Ah ! Marc, dit-elle dans un sanglot, mon enfant si chèrement aimé, qui m'eût dit qu'un jour tu me causerais tant de peine !

VIII

A la Joliette, on était depuis dix jours sans nouvelles du Dr Villedaniel. Jacqueline ne s'alarmait pas, non que l'esprit d'intuition dont elle était abondamment pourvue ne lui eût fait pressentir une certaine opposition de la part de l'aïeule de Marc, mais elle savait son empire assuré et attendait avec sérénité le bulletin de victoire.

Plus impatient parce que moins sûr du triomphe, Prosper

Mazereuil devenait irritable et grognon. Comme toujours, les effets de sa fâcheuse humeur retombaient surtout sur sa femme, mais c'était Armande qui s'en plaignait le plus hautement.

— Si ça continue, il n'y aura plus moyen de t'approcher, lui dit-elle un jour qu'ils étaient seuls sur la terrasse. Tu viens de nous faire une scène ridicule, et c'est la même chose tous les jours..... Tout cela parce que le gendre de tes rêves menace de te glisser entre les doigts. Tu y tiens donc bien, à ce clérical?

— J'y tiens..... J'y tiens..... Est-il si aisé de marier une fille sans dot? S'il se présentait un autre parti.....

— Il s'en est présenté un.

— Lestoc? Tu ne vas pas le comparer à Villedaniel.

— Il est parti de rien, c'est vrai..... Son père était tâcheron. Qu'est-ce que ça fait et qui songera à éplucher ses origines quand il sera célèbre et riche?

— Jacqueline n'en a pas voulu.

— Tu me fais rire! Tu as toujours été omnipotent vis-à-vis de ta femme et de ton fils..... Lionel, à l'heure qu'il est, t'obéit comme un petit garçon..... Et tu ne sais pas commander à ta fille.

— Elle a notre caractère, elle est Mazereuil jusqu'aux moelles. Qui nous a jamais domptés, nous autres? Qui nous empêcherait d'agir à notre tête?

— Laisse-moi tranquille. Tu t'es entiché de ce petit médecin. Ce n'est cependant pas un richard. Lionel, grâce à moi, fait un autre mariage.

— Je ne dis pas le contraire, Félipier a le sac. Mais les Villedaniel jouissent d'une assez large aisance, et le jeune homme ne manque pas de savoir.

— Je le déteste, ce garçon-là, dit âprement Armande. Que ne s'est-il énamouré de ta pupille?

— Je ne tiens pas à ce que Madeleine se marie si tôt, dit Mazereuil avec une singulière vivacité.

— Ah! Ah! Nous y voilà!

— Nous voilà..... où? fit-il en se redressant, irrité.

— Ne te fâche pas, mon cher. Je me doute de tes ennuis. Tu n'es pas en état de rendre à Madeleine tes comptes de tutelle. Est-ce vrai?

Un peu de rouge monta aux joues de Mazereuil.

— Après tout, je puis bien te le confier, à toi..... J'ai fait cette année de mauvaises spéculations, il m'a fallu parer aux difficultés en déplaçant une partie des fonds de ma pupille..... Oh! peu de chose. Je trouverai ce qu'il faudra à l'époque de sa majorité. Pour le moment, son mariage me gênerait.

Un sourire cruel voltigeait sur les lèvres d'Armande. La confusion de son frère lui causait une de ces voluptés que les êtres foncièrement méchants pourraient seuls comprendre.

— Enfin, dit-elle, ce projet d'alliance est une assez bonne combinaison, puisque l'honneur des Villedaniel serait solidaire de celui des Mazereuil. Madeleine n'affligera pas sa chère tante Laurence en t'intentant un procès.

A cet instant, la sonnette de la grille fut agitée, et Jacqueline, toute rose, accourut, en annonçant :

— Le Dr Villedaniel.

Il revenait. Devant son obstination, la triste grand'mère avait rendu les armes.

Le soir même, la fille de Mazereuil, montrant à Madeleine l'anneau des fiançailles qui étincelait à son doigt :

— Marc (je puis bien le nommer ainsi, tout simplement) avait apporté plusieurs bagues. Le saphir entouré de perles me tentait, mais les perles sont un symbole de larmes, et je veux pleurer le moins possible. Notre mariage aura lieu promptement, avant celui de Lionel, sans doute. Marc le désire et moi je l'aime autant. C'est étrange, nous n'avons, semble-t-il, qu'une volonté à deux. Quand l'un propose n'importe quoi, l'autre, sur-le-champ, répond oui.

Un dissentiment se produisit pourtant le lendemain entre les fiancés. Marc disait :

— Vous êtes née à Pompain, je crois, chère Jacqueline, lorsque M. Mazereuil y était professeur de quatrième? Peut-être avez-vous reçu le baptême dans cette même église où nous nous unirons pour la vie.

— Je ne sais pas seulement si je suis baptisée, dit-elle avec insouciance. Le suis-je, papa?

— Parbleu oui, et c'est bien à Saint-Paul qu'on a dû te porter.

— Fort bien, puisque ça t'a convenu. Mais, pour nous marier, est-il besoin de passer par l'église? Le ministère du maire suffit.

Marc tressaillit violemment.

— Ne dites pas cela, mon amie. Où serait la garantie de nos serments, si nous ne les échangions devant Dieu?

— Dans notre honneur, dans notre mutuelle affection, répondit-elle, imperturbable. Ne voyez pas là un caprice, Marc. Rien n'est plus rationnel. Pourquoi irais-je mentir à mes convictions en mendiant la bénédiction d'un prêtre? J'ignore le Dieu dont il est le ministre, je ne puis m'incliner devant lui. Cette hypocrisie serait indigne de moi, ne me la demandez pas.

— Il le faudra pourtant, dit Marc d'une voix altérée. Ma foi m'interdit de me contenter d'une formalité qui serait illusoire et nulle devant ma conscience. Le mariage est d'institution divine : c'est un lien sacré, indissoluble, que seule la mort peut rompre.

Il s'interrompit en voyant sa fiancée sourire. Cette expression moqueuse, en une si grave discussion, lui fit éprouver une cruelle souffrance. Elle s'en aperçut, et, redevenant sérieuse :

— Mon ami, je ne vous ai jamais caché mon sentiment au sujet de la religion. Il ne changera pas, croyez-moi..... Renoncez à me convertir.

— Du moins réfléchissez, dit-il en se levant, très pâle. Il m'est impossible, je vous le répète, impossible de consentir à un mariage purement civil.

Il sortit, et Prosper Mazereuil éclata aussitôt :

— C'est stupide, ce que tu fais là, ça n'a pas de raison d'être. Tu auras beau dire : un catholique ne se croira pas marié s'il n'est allé à l'église. Informe-toi, demande à Madeleine. Tous les jours, on fait de ces concessions. Je me suis marié religieusement, moi qui te parle, parce que les parents de Lucile y tenaient, et j'ai fait baptiser mes enfants pour me conformer aux usages. En ce temps-là, on aurait vu le contraire d'un mauvais œil, les parents auraient murmuré, le lycée aurait peut-être perdu des élèves. Que diable ! il faut savoir être condescendant à l'occasion.....

Jacqueline ne répondit pas.

Pendant quatre jours, elle résista avec une ténacité digne d'une meilleure cause. Tout son entourage était d'avis que le mariage religieux s'imposait. Lionel, Georgette, Félipier lui-même lui écrivirent pour la presser d'y consentir. Elle faisait peu de cas de leurs objurgations, mais elle vit Marc résolu à rompre ; elle l'entendit lui dire, avec une émotion profonde :

— Il faudra donc renoncer au bonheur, après l'avoir entrevu. J'osais croire que vous m'aimiez un peu.

Le cœur altier de Jacqueline s'amollit.

— Je vous aime beaucoup, Marc, répondit-elle, puisque je cède.

— Oh ! merci, merci, ma chère fiancée, s'écria-t-il en portant à ses lèvres les doigts de la jeune fille.

— N'allez pas vous autoriser de ce précédent pour ambitionner d'autres victoires, reprit-elle, mutine. Je n'ai rien de la cire molle qu'on façonne selon son bon plaisir. Telle je suis, telle je resterai.

Marc retourna à Rennes, d'où il revint deux ou trois fois avant la célébration du mariage, fixée au commencement de décembre.

— La fragile santé de grand'mère ne lui permettra pas de se déplacer en cette saison, avait dit le jeune docteur. Ne voulez-vous pas, ma Jacqueline, qu'au lieu de promener notre bonheur sur les routes, nous allions l'abriter dans la solitude de notre vieux Rosmeneur, auprès de cette chère grand'mère?

Jacqueline acquiesça de bonne grâce.

Le grand jour se leva. Il fut tel qu'elle l'avait souhaité : clair et joyeux comme l'espérance. Les arbres de la route profilaient sur le ciel bleu le réseau de leurs branches nues, semblable à une dentelle de Chantilly ; le soleil riait par les vitraux de l'église, l'autel était entouré d'arbustes verts. Tout parlait de bonheur.

La beauté de la mariée resplendissait sous ses voiles vaporeux. Marc était grave, « trop grave pour un marié », avaient chuchoté quelques bonnes langues. C'est qu'il mesurait la grandeur de l'engagement qu'il contractait en ce jour. Les yeux fixés sur l'autel, où l'officiant évoluait avec une majestueuse lenteur, il demandait à Dieu la grâce de remplir ses devoirs d'époux dans toute leur plénitude ; il promettait de soutenir, de diriger sa jeune femme, de faire briller devant elle le divin flambeau dont elle ne se détournerait pas toujours. Derrière eux, le cortège s'était massé, distrait et bruyant. Madeleine seule priait avec une ferveur que ne parvenaient pas à troubler l'attitude irrespectueuse, les rires étouffés de ses voisins.

Ainsi s'acheva la cérémonie. Jacqueline était la femme de Marc Villedaniel.

..... Un grand feu flambait dans le salon de Rosmeneur; des branches de houx couvertes de leurs baies éclatantes emplissaient les grands vases ; les flambeaux d'argent, allumés contre l'ordinaire, donnaient un air de fête à cette pièce mélancolique et une vie factice aux portraits immobiles. Les vieux magistrats prenaient une mine plus sévère, les corsaires fronçaient terriblement leurs épais sourcils. Il y avait des dames à longue taille et à manches bouffantes qui pinçaient les lèvres avec mécontentement et des femmes en bandeaux plats qui détournaient les yeux.

Mme Villedaniel les regardait tristement et disait :

— Hélas ! ce n'est pas ma faute. Je croyais bien faire..... Pardonnez-moi.

Elle s'était parée aussi : une robe de soie l'enveloppait de ses plis rigides, une mantille de dentelle blanche (elle avait le culte du blanc) était jetée sur ses cheveux. Elle attendait, mais comme elle avait l'inaction en horreur, elle avait pris dans sa corbeille un tricot commencé, et ses doigts fins maniaient avec dextérité les longues aiguilles.

Dans la cuisine, Naïk mijotait des plats dont les effluves faisaient se dilater les narines de sa petite-fille Yvonne, une fillette qui en était à sa dernière année d'école et qui était venue pour l'aider. Tout en bourrant consciencieusement le fourneau, la petite babillait.

— Papa dit que vous êtes une fine cuisinière, grand'mère. Pour sûr, il a raison. Il m'a recommandé de bien regarder comment vous faites pour m'apprendre, mais je crois que j'aimerais mieux être femme de chambre et coudre de jolies étoffes.

Naïk retourna les rognons qui cuisaient doucement dans une sauce madère et négligea de donner son opinion.

— C'est-il vrai, grand'mère, reprit Yvonne, que M. le préfet de Saint-Brieuc voulait vous avoir autrefois et qu'il vous a offert de gros gages ?

— De quoi te mêles-tu ? dit sévèrement la vieille femme. Ces choses-là ne regardent pas les garçailles. M. le préfet et bien d'autres auraient pu m'offrir mille francs par an sans me tenter. Je suis entrée au service de Madame à seize ans, et j'en ai soixante-trois, ma fille. Quand on a passé tant d'années avec les mêmes maîtres, on ne les sert pas pour plus ou moins d'argent. Tu ne le sauras peut-être pas par expérience..... Les temps sont changés. On ne veut plus rien se passer, on ne s'aime plus, on se dénigre, on se sépare pour un rien et sans regret. C'est le progrès, qu'ils disent.

Naïk retomba dans son mutisme et Yvonne pensa que sa grand'mère était mal tournée ce jour-là. C'était un peu vrai. En voyant depuis trois mois les paupières souvent rougies de sa maîtresse, Naïk avait deviné une partie de la vérité, et, quoiqu'elle fît de son mieux pour bien recevoir la jeune dame, elle lui en voulait au fond du cœur.

— J'ai l'oreille dure, dit-elle au bout de quelques minutes. Ecoute voir si tu entends la voiture.

Yvonne écouta voir, c'est-à-dire alla à la fenêtre de l'office qui donnait sur la route, et, tout en prêtant l'oreille, fouilla l'obscurité de ses yeux perçants. Tout à coup, elle accourut :

— Grand'mère, ils n'ont pas de voiture. J'ai reconnu M. Marc dans le noir ; il donne le bras à une dame qui a une voilette blanche sur le nez.

— Ils arrivent, Madame, dit Naïk, entr'ouvrant la porte du salon.

Et, voyant Mme Villedaniel se lever :

— Restez donc là, Madame, les corridors sont glacials. La belle avance pour la jeune dame si vous preniez froid en allant au-devant d'elle !

— Je serais bien fâchée si grand'mère était malade à cause de moi, dit une voix fraîche.

Marc et Jacqueline étaient entrés. Poussant un peu Naïk et relevant sa voilette, la jeune femme devança son mari et offrit au baiser de Mme Villedaniel son visage éblouissant de fraîcheur.

— Embrassez vite votre petite-fille, grand'mère, reprit-elle d'un ton mutin, et sachez que je veux une grosse, très grosse part de votre affection.

— Je suis toute disposée à vous l'accorder, ma chère fille. Puissiez-vous aimer notre vieux Rosmeneur, afin de me donner la joie de vous y voir souvent !

— C'est bien ainsi que je l'entends, dit Jacqueline. Je verrai mieux Rosmeneur au grand jour, mais dès ce soir il me plaît beaucoup. Marc m'a conté quelque chose de son histoire, et vous allez voir si j'ai bien retenu. Rosmeneur fut bâti par le premier Villedaniel qui ait fait parler de lui (je parierais que voilà son portrait), Guy le Hardi, compagnon de M. Duguay, lorsque, vieilli et las de ses courses aventureuses, il eut trouvé, pour soigner ses blessures, une belle et romanesque jeune fille qu'avaient enflammée les prouesses du vaillant corsaire. Le plus joli, c'est que ce ménage mal assorti fut heureux.

Puis, tandis que Marc embrassait la vieille dame :

— Il ne vous dit pas, grand'mère, que nous sommes venus à pied depuis la gare de Plouhan. C'est moi qui ai voulu C'était si amusant de marcher dans la nuit, sous un ciel noir comme l'encre, sans voir où l'on posait le pied. Marc me tenait bien serrée contre lui. Je ne crains rien quand je suis conduite par mon cher Marc.

La soirée se passa gaiement. Au moment de se séparer pour la nuit, Marc resta derrière sa femme et, dans un baiser :

— N'est-ce pas que ma Jacqueline vous a conquise, grand'-mère? murmura-t-il.

— Elle est bien séduisante et paraît t'aimer, mon enfant. Dieu veuille par elle te donner le bonheur et, par toi lui envoyer la lumière.

DEUXIÈME PARTIE

A LA DÉRIVE

I

Madeleine laissa tomber sur ses genoux le corsage qu'elle tentait de rajeunir au moyen de quelques petits morceaux de soie découverts par tante Lucile dans le sac aux chiffons, où elle puisait de temps en temps pour faire durer sa chétive garde-robe.

— Adroite comme tu l'es, tu vas faire un corsage tout neuf, avait-elle dit. Il y faudra des coutures, mais en les dissimulant dans des petits plis, par exemple.....

La jeune fille s'escrimait à tourner et retourner les morceaux. Cela n'allait pas tout seul, car elle était distraite.

— Je ne ferai rien de bon ce matin, pensa-t-elle tout haut.

Elle prit une lettre posée sur la table et lut, pour la troisième fois :

CHÈRE PETITE MADELEINE,

Je suis heureuse, heureuse, heureuse..... Je te le répéterais à satiété. Si tu pouvais savoir ce qu'est ce bonheur-là, toute dénuée d'égoïsme que tu es, vrai, tu serais jalouse. Etre maman !..... Tenir sur sa poitrine ce paquet tiède et vivant, voir émerger d'un fouillis blanc une petite figure ronde et rose, de jolis yeux qui errent, étonnés, sur tous les objets, une bouche qui ressemble à une fleur entr'ouverte et drôlement plissée, des menottes qui s'agitent, inconscientes de ce qu'elles désirent, et se dire que tout cela c'est un petit enfant, le sien, son trésor !..... Il y a de quoi devenir folle de joie et de tendresse.

Ma chère petite Mad ! On t'a dit, n'est-ce pas, qu'elle porte ton nom. J'y tenais, Marc ne demandait pas mieux....., et grand'mère, donc !..... Mais toi tu es Madeleine, et ma fille sera Mad. Je trouve ce diminutif tout gentil.

Mes parents disent qu'elle me ressemble trait pour trait. Ce n'est pas tout à fait exact. Elle sera blonde, mais d'un blond moins roux, si j'en crois le ton presque argenté des touffes minuscules qui s'épanouissent sur son crâne rose. Ses yeux sont d'un azur moins clair, ils seront plutôt couleur de violette, comme ceux de son père. Elle aura son front large et uni. Pour le reste, c'est bien moi, à n'en pas douter. Une dissemblance entre elle et sa petite mère, c'est que j'étais, m'a-t-on dit, le plus criard, le plus colère, le plus insupportable des poupons, au lieu que ma fille est un agnelet de douceur.

Si tu la voyais dormir, ses cils très longs et plus foncés que les cheveux jetant une ombre sur ses joues fraîches !..... Et l'on dirait que déjà elle nous connaît, son papa et moi. Son regard a l'air de nous chercher, le sourire s'ébauche sur ses lèvres et creuse dans son menton une adorable fossette. Je n'en finirais pas si je voulais tout dire, je radoterais comme une vieille femme et tu rirais de moi.

Viens plutôt admirer mon chérubin. Maman, papa sont venus. Il n'y a que toi, vilaine indifférente, à ne pas t'être dérangée pour faire la connaissance de Mad. Penses-tu qu'elle n'en vaut pas la peine? Où est ton bel enthousiasme pour les voyages? Vous saurez, Mademoiselle, que la vue de ma fille est plus agréable que celle de tous les lacs et de tous les glaciers du monde.

Sérieusement, nous serions très contents de t'avoir chez nous. Rennes est une ville intéressante, tu aurais plaisir à la visiter avec Marc pour cicerone....., un puits d'érudition, tu sais bien. Ta chambre est prête, envoie-nous vite un mot pour nous avertir du jour et de l'heure de ton arrivée.

En attendant, je t'embrasse et pose sur la bouche de Mad le bas du feuillet pour que tu y cueilles son baiser.

Ton amie, JACQUELINE.

Madeleine eût d'autant plus volontiers répondu à cette invitation que Mme Villedaniel la pressait aussi de venir égayer sa solitude. De Rennes, elle irait à Rosmeneur. Mais l'année qui venait de s'écouler avait été marquée par une grande pénurie, Prosper Mazereuil n'ayant pas donné un centime à sa pupille depuis le mariage de Jacqueline. La jeune fille avait dû se suffire avec le peu qui lui restait. Elle rognait sur ses besoins, afin de continuer à remplir tous les samedis la tabatière du vieux Millet et de payer le lait de Jeanne Brageon, une petite poitrinaire. Enfin, elle était à bout de ressources. Elle avait eu beau retourner son porte-monnaie, il ne contenait plus qu'une pièce de vingt-cinq centimes, la fortune du Juif-Errant, mais cette pièce, une fois dépensée, ne reviendrait pas, comme les légendaires cinq sous du vieil Ahasvérus. Elle se résigna à réclamer.

Dès qu'il eut compris qu'elle lui demandait de l'argent, Prosper Mazereuil s'emporta.

Est-ce que dans les couvents on n'apprenait pas l'économie aux jeunes filles? Qu'avait-elle fait des six cents francs reçus il y avait à peine un an?

— Il y a dix-huit mois, rectifia posément Madeleine. Rappelez-vous, Monsieur. C'était au commencement d'août, tout me manquait..... Puis le voyage, le mariage de Jacqueline..... J'ai dû faire des achats. Vous avez promis de me donner tous les ans pareille somme.

— Vous faites erreur, dit Prosper avec aplomb. Ce serait autoriser le gaspillage. Je ne vous empêche pas d'aller à Rennes et à Rosmeneur, mais je ne vous accorderai qu'une somme raisonnable.

Elle dut attendre trois jours pour recevoir un billet de cent francs et partit avec ce maigre viatique.

— Tu me manqueras beaucoup, lui dit Mme Mazereuil en l'embrassant, mais je suis heureuse de te voir prendre quelque plaisir. La vie avec Armande n'est pas gaie, et puis tu es si mal nourrie!

Jacqueline attendait son amie en gare de Rennes. Madeleine admira la fraîcheur et les yeux étincelants de la jeune femme. Loin d'altérer sa beauté, la maternité lui avait donné son plein épanouissement.

Les Villedaniel habitaient, à l'ombre de la cathédrale, une

partie de maison entre cour et jardin. Le docteur revenait de sa tournée à l'arrivée de Madeleine. Celle-ci crut voir une ombre derrière son sourire accueillant. Elle en fut attristée. Son bonheur, à lui, n'était-il donc pas parfait? Pourtant, il suivait toujours du même tendre regard la silhouette élégante de l'aimée.

Mad dormait dans son moïse orné de rubans roses. Madeleine baisa les mains potelées, les joues fermes et rondes, déclarant en toute sincérité qu'elle n'avait jamais vu si joli bébé.

— Est-ce tante Laurence qui est sa marraine? demanda-t-elle.

— A quoi penses-tu? dit Jacqueline. Sa marraine, c'est toi, puisqu'elle porte ton nom.

— Moi ! répéta Madeleine. Elle n'est donc pas baptisée?

Un « non » sec lui répondit. Le nuage qui couvrait le front de Marc s'épaissit, et Madeleine regretta sa question.

Jacqueline s'étant absentée un moment après le dîner, le docteur dit, sans lever les yeux :

— Vous avez entendu, cousine? Mad n'est pas baptisée.

— Qu'attendez-vous, mon cousin?

— L'assentiment de Jacqueline. Croiriez-vous qu'elle s'y refuse obstinément? Si je ne parviens à vaincre son opposition, je me verrai réduit à choisir entre deux résolutions extrêmes : ou faire baptiser Mad à l'insu de sa mère, ou, usant de mon droit de chef de famille, exiger le baptême.

Madeleine le considérait avec une grande pitié.

— Ce serait le pire, reprit-il d'une voix lente et basse. Faire acte d'autorité, contraindre Jacqueline à voir un maître en son mari, je ne me le dissimule pas, c'est ruiner la paix de notre ménage, jeter à bas, de mes propres mains, ce cher et fragile bonheur que j'ai eu tant de peine à édifier.

Cette fois, il regarda Madeleine, et elle fut saisie de l'expressiion pathétique de ce regard.

— Ne vous exagérez-vous pas les conséquences de votre fermeté? dit-elle. Le premier accès de colère passé, Jacqueline comprendra que vous avez eu raison.

— Elle ne comprendra rien. Très intelligente pour tout le reste, elle est incapable d'entendre la voix du vulgaire bon sens quand son caprice est en jeu. Ne croyez pas, Madeleine, que je recule lâchement. J'ai conscience de mon devoir paternel ; coûte que coûte, je le remplirai. Mais j'attends, espérant que son entêtement fléchira. Vous qu'elle aime en sœur, usez de votre ascendant pour l'amener à composition.

Madeleine secoua la tête.

— Mon pauvre ami, si elle vous résiste, que dois-je espérer? J'unirai mes efforts aux vôtres, je ne puis promettre davantage. Tante Laurence est-elle avertie?

— Elle ignore notre dissentiment, mais s'inquiète au sujet de Mad. Toutes ses lettres nous pressent de la faire baptiser.

Le retour de Jacqueline mit un terme à cet entretien.

II

Les jours suivants ne fournirent pas à Madeleine l'occasion d'aborder le sujet qui tenait si fort au cœur de Marc et dont maintenant elle se préoccupait autant que lui.

La vie d'un enfant est chose si fragile ! Mad avait beau être un bébé vigoureux, elle était à la merci de ces maux qui terrassent en un clin d'œil et font le vide dans les berceaux.

Marc profitait de ses rares loisirs pour montrer à Madeleine tout ce que la vieille capitale de la Bretagne renferme de curieux. Jacqueline les accompagnait quand le temps permettait de faire sortir Mad dans la voiture que poussait Yvonne, la petite-fille de Naïk, promue à la dignité de bonne et toute fière de son tablier blanc.

— Elle est un peu jeune, avait dit Jacqueline à Madeleine, mais elle est forte, adroite, habituée à soigner les petits....., l'aînée de huit. Je puis lui confier Mad sans aucune crainte.

Le mardi était le jour de la jeune Mme Villedaniel. Elle rouvrait son salon pour la première fois depuis la naissance de Mad. Madeleine resta avec elle. Il y eut assez peu de visites. Les Villedaniel n'avaient pas de nombreuses relations. Plusieurs de celles que Marc s'était créées se tenaient à distance depuis son mariage. On n'avait pas tardé à remarquer l'absence de Jacqueline aux offices. Les curiosités s'émurent ; la cuisinière, en allant aux provisions, lâcha des confidences. On sut que sa maîtresse se faisait servir du gras le vendredi, et qu'elle était abonnée à une feuille anticléricale. Marc déchut dans l'opinion de quelques-uns. Ce fut pour sa fierté une cruelle épreuve. Il se raidit et parut en prendre son parti. L'attitude de sa femme l'y aida. Sentant que le jugement public lui était défavorable, elle s'attacha à le braver, et en toutes circonstances afficha le plus superbe dédain pour les croyances et les coutumes de cette société qui la repoussait.

Toutefois, le vide ne s'était pas fait autour du ménage Villedaniel. Les relations obligées entre confrères, celles du docteur avec ses clients amenaient des visiteurs. Quelques jeunes étourdies recherchaient Jacqueline pour son incontestable originalité et s'amusaient de son esprit frondeur. De bonnes âmes avaient entrepris de la convertir. Elles n'avaient pas tenu longtemps, ayant maladroitement entamé l'action. Accueillies par des coups de boutoir ou par une grêle d'épigrammes, selon l'humeur de Jacqueline, elles s'étaient repliées avec indignation.

Plus persévérante parce que l'expérience lui avait appris que la conversion d'une âme est une œuvre de longue haleine et qu'on ne doit avancer sur ce terrain mouvant qu'avec une prudence consommée, Mme de Kergast, veuve d'un premier président, n'avait pas cessé de voir Jacqueline, dont elle avait démêlé les qualités, gâtées par une éducation déplorable.

Sa visite fut la dernière de la journée. Madeleine avait vu à l'église cette aimable figure de vieille femme qui lui rappelait tante Laurence; elle fut charmée de la revoir chez son amie. Après une demi-heure de conversation agréable, Mme de Kergast demanda à faire la connaissance du bébé. On passa dans la chambre où Mad reposait paisiblement, sous la garde d'Yvonne. La petite bonne se retira et la veuve admira la mignonne créature.

— Une maman peut être aussi bien partagée, pas mieux, dit-elle en laissant retomber le rideau de mousseline. Quand ferons-nous une chrétienne de cette jolie enfant?

— Oh! rien ne presse, répondit Jacqueline.

— Le pensez-vous, chère Madame? A mon humble avis, il est préférable de ne pas remettre à demain ce qui peut être fait aujourd'hui.

— Et si cela ne doit jamais être fait? dit la jeune femme, se redressant, un éclair de défi dans les yeux.

— Vous auriez l'intention de priver votre enfant de la grâce baptismale? Je ne puis le croire, ma toute belle..... Cette boutade n'exprime pas votre vraie pensée.

— Pardonnez-moi, Madame, je dis toujours ce que je pense.

Mme de Kergast ne se fâcha pas, et, lui prenant amicalement la main :

— Vous réfléchirez, ma chère petite. Si vous persistiez dans cette funeste détermination, je le regretterais doublement : pour votre bébé d'abord, puis pour vous. On ne gagne rien, croyez-en une femme qui a longtemps vécu, à rompre avec les bons usages et les traditions vénérables. Allons, sans rancune. Croyez que votre intérêt a seul dicté mes paroles.

Elle se retira, toujours aimable. Quand Jacqueline revint, Madeleine, demeurée près du berceau, contemplait Mad.

— Que fais-tu là? dit la jeune femme. Es-tu changée en statue ?

— Je pensais à ce que tu viens de dire. Moi non plus, je ne puis admettre que ce soit sérieux.

— Tu me connais pourtant. J'ai décidé que ma fille ne serait pas baptisée ; tout ce qu'on pourrait me dire pour me faire changer d'avis serait inutile.

— Oh ! Jacqueline, tu ne peux laisser ta pauvre enfant sous l'empire du démon ! Tu ne te feras pas le bourreau de cette petite âme, dont tu dois être l'ange gardien.

— Laisse-moi en paix, Madeleine. Le péché, le démon, la grâce, ce sont des mots.....

— Je ne te connaissais pas la haine du catholicisme.

— Moi, je le hais ? Nullement. Si cela était, aurais-je épousé un catholique pratiquant et militant? La religion de Marc ne me gêne pas. Il fréquente l'église, je m'abstiens. Il est membre actif de je ne sais combien d'œuvres, ça m'est égal. Nous ne nous contrarions point mutuellement. Que fera Mad lorsqu'elle aura l'âge de raison? Je l'ignore. Sois persuadée que je n'entraverai pas sa liberté. Elle nous verra agir chacun à notre manière, son père et moi..... Elle ira sans contrainte à celui qui lui paraîtra posséder la vérité. S'il lui plaît, en ce temps-là, de recevoir le baptême, je ne m'y opposerai pas. Je refuse seulement de l'envelopper dès le berceau dans les langes de la superstition, de l'inféoder à une Eglise dont elle se passera peut-être aussi bien que moi.

— Pour être tout à fait logique, ma pauvre amie, tu aurais dû attendre que ta fille fût en état de choisir sa nationalité. Tu as cependant consenti à la faire inscrire sur les registres de l'état civil, sans craindre qu'elle te reproche d'avoir fait d'elle une Française. Elle n'a pas l'usage de sa raison..... Vous, ses parents, avez agi à sa place, en vous inspirant de ses véritables intérêts. Il en va exactement de même pour l'enfant qu'on présente aux fonts du baptême. On choisit pour lui, en attendant qu'il soit capable de faire lui-même son choix dans la plénitude de son intelligence et de son indépendance.

Jacqueline eut un geste impatient.

— Assez, Madeleine. Je m'en tiendrai à ce que j'ai résolu.

— Et de la volonté de Marc, est-ce que tu ne tiens pas compte?

— Marc ! dit Jacqueline avec une subite violence. Est-ce lui qui t'a chargée de me faire revenir sur ma décision? En ce cas, il a eu tort. L'opposition ne servira qu'à la fortifier.

— Le père a des droits, cependant.

— Pour le moment, je ne les reconnais pas. Ma fille est à moi avant tout, entends-tu?

Puis, changeant de ton :

— Ne nous querellons pas, amie. Je serais désolée si nous cessions de nous aimer. Mieux vaut oublier ce qui nous divise.

Lui obéir eût été difficile. La question du baptême était dans l'air, tout y ramenait. Les domestiques s'en entretenaient, les lettres de Mme Villedaniel revenaient perpétuellement sur ce sujet. Retenue à Rosmeneur par une crise aiguë, elle se persuadait que Mad avait été ondoyée ; néanmoins, elle rappelait aux parents qu'ils ne pouvaient, sans se rendre gravement coupables, remettre la cérémonie solennelle à une date éloignée.

— Quoi ! Marc, tu n'as pas encore tout dit à grand'mère ! s'écria Jacqueline, après avoir lu une de ces épîtres. Je m'en charge. Je n'ai jamais fait montre de convictions religieuses, elle ne sera pas surprise.

Marc se leva d'un bond.

— Pas surprise ! Tu la tuerais, Jacqueline. Peut-elle s'attendre à une telle monstruosité ? Oh ! pardon, se reprit-il, l'expression est trop forte..... Tu ne peux avoir sur ce point la même mentalité que nous. Mais en ce pays très catholique.....

— Achève donc ! éclata Jacqueline. En ce pays encroûté et superstitieux, je passe pour une espèce de démon. Va, tu ne me l'apprends pas. Peu m'importe, d'ailleurs, ce que pensent ces gens-là !

— Eh bien ! laissons de côté les étrangers, mais moi.....,

moi, ma chère femme, je te supplie de consentir au baptême de notre Mad.

— Jamais !

Elle sortit sur ces deux syllabes, prononcées d'une voix dure. Marc laissa tomber son front dans sa main. Madeleine, qui avait été l'involontaire témoin de cette petite scène, se leva pour se retirer. Le Dr Villedaniel la regarda avec tristesse.

— Plus d'espoir, murmura-t-il. Je serai contraint d'user d'autorité.

— C'est votre devoir, mon ami.

— Priez pour moi, pour nous deux, dit-il avec un soupir.

Le lendemain, petite Mad pleurnicha, ce qui lui arrivait rarement ; sa tête devint chaude et elle prit peu de lait.

— Qu'a-t-elle ? demandait Jacqueline. Marc, dis-moi qu'elle n'est pas en danger.

— Certes non, pas pour le moment, du moins, répondait-il, s'efforçant de rassurer sa femme.

Mais à Madeleine il avoua ses inquiétudes :

— Je n'aime pas cette chaleur de la tête, je crains la méningite. Si, malgré mes soins, l'amélioration ne se produit pas, j'appellerai un confrère. Aujourd'hui, les symptômes ne sont pas assez caractéristiques.

Cette nuit-là, ils veillèrent tous trois près du berceau. Jacqueline ayant refusé de se coucher, Madeleine tint à rester aussi.

Ce furent des heures douloureuses. L'enfant se plaignait faiblement de temps à autre, et ses grands yeux veloutés s'attachaient sur les visages penchés vers elle, comme pour implorer un soulagement.

— Si tu voulais prier avec moi, chérie, dit Madeleine, enlaçant de son bras la taille de Jacqueline, dont les larmes tombaient une à une sur les petites mains de Mad. Quand nous sentons notre impuissance, le cri de notre misère monte plus vibrant, plus suppliant, vers le ciel, et en fait descendre le secours.

— A quoi bon ? dit amèrement Jacqueline. Je n'ai pas la foi. Vous êtes moins malheureux, vous autres, parce qu'au lieu de lutter contre une fatalité aveugle, inexorable, vous implorez un Etre que vous dites bon et tout-puissant. Oui, vous êtes moins malheureux, répéta-t-elle avec lenteur, mais il n'est pas en mon pouvoir de vous imiter.

A l'aube, Mad parut plus calme.

— Tu es brisée, ma pauvre Jacqueline, dit le docteur. Je te conjure de prendre un peu de repos. L'enfant semble mieux et je ne la quitterai pas avant 10 heures.

Elle se rendit sans trop de résistance, après que son mari eut promis de l'appeler au premier symptôme alarmant.

Dès qu'elle fut sortie, Marc prit plusieurs châles dont il enveloppa la petite Mad.

— Que faites-vous? demanda Madeleine, pensant comprendre.

— Mon devoir trop longtemps omis. J'emporte ma fille à l'église. Demeurez, ma cousine. Je ne suis pas tranquille..... Jacqueline peut revenir. Retenez-la, épargnez-nous un scandale.

Madeleine fit un signe d'acquiescement. La cathédrale était proche. Marc serait promptement de retour, sans doute, et Jacqueline dormait.

Une demi-heure passa dans l'attente. Soudain, la jeune femme reparut.

— Je ne puis fermer l'œil, dit-elle en ouvrant la porte, j'aime mieux être ici. Où est ma fille? cria-t-elle, voyant le berceau vide.

Et Madeleine ne répondant pas :

— Je comprends. Marc l'a emportée..... comme un voleur! Il est à l'église, il ne m'a éloignée que pour avoir toute facilité. Le lâche! il n'osait me braver en face, arracher ma fille de mes bras. Et toi, toi, tu as été sa complice ; tu es restée pour essayer de me donner le change. Traîtresse!

Sans s'émouvoir de cette injure, Madeleine cherchait à l'embrasser et lui parlait doucement.

— Laisse-moi, mais laisse-moi donc! criait Jacqueline, exaspérée. Ah! votre comédie a été bien jouée! Vous faisiez semblant de vous inquiéter de la santé de Mad, mais c'était autre chose qui vous préoccupait, et vous avez trouvé moyen de mettre votre complot à exécution.....Toi en qui j'avais confiance, lui qui disait m'aimer!

— Et qui t'aime vraiment de toute son âme, dit Marc en rentrant. Jacqueline, mon amie, calme-toi. Tu ne peux m'en vouloir d'avoir obéi à ma conscience.

Elle le repoussa, et, s'asseyant près de sa fille, s'enferma dans un silence farouche.

III

L'indisposition de Mad n'avait été qu'une épreuve destinée à stimuler la foi de son père. Elle continua à dormir paisiblement, et bientôt Marc déclara tout danger conjuré. Cet arrêt joyeux ne rendit pas une entière sérénité à Jacqueline. Si son cœur fut en fête, son visage resta dur et glacé. Les tendres attentions de son mari la laissèrent insensible, et elle témoigna tant de froideur à Madeleine que celle-ci annonça son intention de se rendre au plus tôt à l'invitation de sa tante Laurence. Jacqueline ne dit pas un mot pour la retenir, et Marc seul accompagna sa cousine à la gare. Leurs adieux affectueux furent empreints de mélancolie. Quoi qu'il fît désormais pour dissimuler, M. Villedaniel ne pouvait faire que Madeleine n'eût sondé la plaie secrète de sa vie, plaie profonde et cuisante, et qui irait se creusant, s'envenimant toujours.....

Une paysanne âgée se tenait à la gare de Plouhan, interrogeant du regard les visages des voyageuses. Sans l'avoir jamais vue, Madeleine crut reconnaître Naïk et marcha à sa rencontre. La bonne femme fit la moitié du chemin.

— Vous êtes Mademoiselle Servigny? demanda-t-elle.

— Et vous, la bonne Naïk de Mme Villedaniel.

Là-dessus, elles se sourirent, et Naïk s'empara du sac de Madeleine.

— Madame va-t-elle être contente ! Il y a du temps qu'elle *espérait* Mademoiselle.

— Je n'ai pu venir plus tôt. Vous savez que j'arrive de Rennes?

— Oui, Mademoiselle. Vous les avez laissés en bonne santé, je pense : M. Marc, la jeune dame et le petit ange?

Madeleine donna des nouvelles de tous, sans oublier Yvonne.

— Yvonne est jeunette, dit Naïk, j'aurais préféré ne pas la savoir en ville avant deux ou trois ans. Mais mon fils a besoin : son métier de tisserand ne rapporte pas gros; et il a bien des bouches à nourrir. J'ai fait toutes mes recommandations à la petite..... J'espère qu'elle va à la messe le dimanche et qu'elle n'oublie pas sa prière.

— Soyez tranquille, elle est fidèle à ses devoirs religieux. Mon cousin ne permettrait pas qu'elle y manquât, répondit Madeleine.

A Rosmeneur, comme à Rennes, l'impiété de Jacqueline était connue, et Naïk appréhendait pour sa petite-fille la contagion de l'exemple.

La crise de Mme Villedaniel touchait à sa fin. Elle n'était plus tenue de garder la chambre et vint recevoir Madeleine au seuil du salon. Toutes deux s'embrassèrent avec émotion. Il semblait à l'orpheline que cette maison, où elle entrait pour la première fois, lui était familière, elle s'y sentait chez elle déjà. L'aïeule de Marc lui montra du doigt les portraits et dit :

— Ne dirait-on pas qu'ils sont heureux de te voir ?

De fait, sur les moustaches hérissées, les bouches sévères, les lèvres roses, on aurait cru voir un sourire mi-joyeux, mi-mélancolique, et, d'une toile à l'autre, les ancêtres se regardaient d'un air qui signifiait : « Quel dommage que celle-ci ne soit pas notre fille ! »

Naïk posa sur la table une galette dorée, des pommes aussi ridées que sa figure et un flacon de vin d'Espagne. Madeleine lui mit la main sur le bras :

— Je suis sûre que vous avez du cidre. Veuillez m'en donner, Naïk, dit-elle.

— Tu aimes notre boisson favorite ! s'écria Mme Villedaniel.

— Beaucoup, tante Laurence.

— Celle-là est une vraie Bretonne, Madame, dit Naïk en apportant un pichet de cidre pétillant. La jeune dame n'aime pas ça, elle.

Regrettant ce qu'elle venait de dire, elle s'en retourna.

— L'enfant est-elle baptisée ?

Telle fut la première question de la grand'mère touchant ceux que Madeleine venait de quitter.

— Elle l'est, tante. Marc vous l'aurait écrit si je n'avais dû vous en apporter la nouvelle.

Un profond soupir de soulagement souleva la poitrine de la vieille dame.

— J'avais si grand'peur ! Une sottise..... On n'est pas maîtresse de ces craintes folles. Jacqueline m'inquiétait, tu comprends ? Tu l'aimes beaucoup. Crois-tu que je ne l'aime pas, moi ? Toutes les fois qu'elle est venue, elle a été gentille, caressante. On la sent foncièrement bonne, elle aime son mari et son enfant. Pourquoi faut-il que l'essentiel lui manque ? J'avais fait un autre rêve. Dieu n'a pas permis qu'il se réalisât.

Elle ne s'expliqua point, mais une secrète intuition avertit Madeleine. Ses joues devinrent un peu plus roses.

Une vie très douce commença pour la jeune fille. Elle goûtait de nouveau la grande paix de Sainte-Foy, mêlée à la sensation délicieuse d'être baignée dans une atmosphère de tendresse. Assurément, la Mère Marie-Paule l'avait bien aimée, mais elle se devait à toutes et se permettait rarement une marque d'affection particulière. A Rosmeneur, au contraire, Madeleine devenait le centre des sollicitudes ; elle était véritablement la petite-fille de tante Laurence, et combien elle trouvait bon d'être choyée, de pouvoir parler, agir sans éveiller une susceptibilité, sans provoquer une riposte aigre ou impatiente !

Que de bonnes heures elle passait dans le salon toujours fleuri par ses soins, soit de gui, soit de houx ! Combien de souvenirs charmants ou attendrissants remontaient de la mémoire aux lèvres de Mme Villedaniel ! Mais, jamais égoïste, celle-ci n'entendait pas que Madeleine restât confinée à la maison. La jeune fille avait ordre de se promener beaucoup. Docile, elle errait par les chemins creux, où l'hiver finissant laissait apparaître la jeune verdure. Plus souvent elle se rendait à la grève. Soit que la mer vînt, glauque et câline, baiser le sable, soit que, prise de colère, elle soulevât des montagnes et creusât des abîmes, Madeleine la trouvait toujours belle. Elle aimait les baisers de la brise salée et les embruns qui la fouettaient au visage.

Les semaines passèrent, et ce fut le printemps, le charmant printemps de Bretagne. Sous un ciel pâle et doux, la lande, pareille à une reine, se couvrit d'un manteau d'or ; toutes les haies fleurirent et chantèrent, les gros pommiers se changèrent en bouquets rosés, les lilas embaumèrent.

Marc annonça sa visite avec Jacqueline et le bébé. Grande joie pour la grand'mère ! Elle était allée à Rennes lors de la naissance de Mad, mais n'y était restée que deux jours, la crise qu'elle sentait venir l'obligeant à rentrer chez elle. Quel ravissement de posséder le cher ange à peine entrevu et de constater ses progrès ! Mlle Mad était maintenant une grande personne de cinq mois, elle savait rire et jaser, elle reconnaissait les visages. Puis Marc écrivit qu'il viendrait seul, le bébé ayant pris un léger rhume.

Malgré sa très grosse déception, Mme Villedaniel approuva.

Le docteur vint pour deux jours seulement. Ses malades ne lui permettaient pas une plus longue absence, et il craignait que Jacqueline ne s'ennuyât. Ces raisons furent jugées valables.

Mme Villedaniel fut-elle trompée par l'apparente gaieté de son petit-fils? Madeleine n'eût osé se prononcer sur cette question. Pour elle, le rire de son cousin sonnait faux ; le soin qu'il prenait de se renfermer dans les généralités en parlant de sa femme prouvait que l'apaisement ne s'était pas fait.

Une lettre de Mme Mazereuil apprit à la jeune fille la mort du député de Pompain. Son mari s'était porté candidat, et, bien qu'il eût Dalbin pour concurrent, elle ne doutait pas du triomphe de Prosper. Il lui en coûterait de s'enfermer les trois quarts de l'année dans un de ces locaux parisiens qui coûtent si cher et sont si incommodes, mais il y aurait des compensations : l'indemnité parlementaire permettrait peut-être de faire des économies, et puis Prosper brillerait enfin sur un théâtre digne de ses talents.

La *Croix* de Paris apporta à Rosmeneur les échos de la lutte. Le gouvernement soutenait Dalbin, mais Mazereuil éclipsait son adversaire ; partout où il passait, on lui faisait des ovations, et les chances semblaient se tourner de son côté.

— A cette heure, M. Mazereuil est élu, sans doute, soupira Mme Villedaniel, le soir de la bataille. Un malheur de plus pour notre pauvre pays !

— Son concurrent ne vaut pas mieux, déclara Madeleine.

— En ce cas, ma chère fille, bornons-nous à souhaiter que celui des deux qui l'a emporté fasse le moins de mal possible.

Le lendemain, en revenant de la messe, Madeleine arriva à Rosmeneur en même temps qu'un petit télégraphiste.

— Une dépêche pour Mlle Servigny, dit le jeune garçon.

— C'est moi, répondit-elle.

Le papier bleu à la main, elle entra chez Mme Villedaniel. Elle n'avait pas l'habitude des télégrammes, et celui-ci la troublait.

— Cela vient de Pompain, dit-elle tout de suite, pour rassurer sa tante.

— C'est l'élection qu'on t'annonce.

Elle hocha la tête, déchira lentement le papier, en suivant le pointillé, et lut :

Echec. Prosper au plus mal. N'ose avertir Jacqueline.
Signé : LUCILE.

— En effet, on ne doit prévenir Jacqueline qu'avec les plus grands ménagements, dit Mme Villedaniel. Mme Mazereuil compte évidemment sur toi, mais comment s'y prendre ?

— Tante, je pars, dit Madeleine, je retourne à Pompain en passant par Rennes. A quelle heure le premier train ?

Elle consulta l'indicateur : cinquante-cinq minutes lui étaient accordées, c'était plus qu'il ne lui fallait. Quelques instants après, sa valise était faite, et elle embrassait sa tante consternée.

— Tu reviendras, ma petite Madeleine. Personne n'aura besoin de toi là-bas.

— Dieu le sait, chère tante. Qu'il vous garde en santé.

Le voyage lui parut très long. Son imagination la transportait au chevet de son tuteur mourant. Comment en était-il là ? Le télégramme était peu explicite. Toutefois, l'échec et la maladie semblaient liés, comme si l'une eût été la conséquence de l'autre. En cette question, d'ailleurs, ne résidait pas l'intérêt principal de la situation. Mazereuil était au plus mal. Qui donc, en ce danger pressant, lui parlerait de l'éternité ?

A cette pensée, un frisson courait dans les veines de la jeune fille. Peut-être serait-elle impuissante..... Elle avait hâte d'arriver. En attendant, elle priait mentalement avec toute sa foi.

A Rennes, elle monta dans la première voiture qu'elle aperçut et donna l'adresse du Dr Villedaniel. La chance la favorisa. Marc sortait à l'instant où elle mettait pied à terre.

— Rentrons, dit-elle, j'ai à vous parler sur-le-champ.

— Grand'mère serait-elle malade ?

— S'il lui était arrivé malheur, je ne serais pas ici. Il s'agit de M. Mazereuil.

— Le mieux est de tout dire à Jacqueline, dit Marc, après avoir pris connaissance de la dépêche. Venez, cousine. Vous m'aiderez à la préparer et vous déjeunerez avec nous. Je suppose que vous allez à Pompain.

— Assurément. Je me suis informée à la gare : il n'y a un train qu'à 2 h. 50. C'est bien tard.

Jacqueline était dans sa chambre, sa fille sur ses genoux.

— Tiens ! Madeleine ! dit Jacqueline sans se déranger. Par quel hasard ?

— Je retourne à Pompain et suis venue t'embrasser en passant. Prête-moi ton trésor. Quelle belle demoiselle vous êtes, petite Mad ! Venez me dire bonjour.

— Pourquoi retournes-tu si brusquement à Pompain? demanda Jacqueline. Est-ce que l'on te redemande?

— Pas précisément, mais j'ai reçu des nouvelles.....

— Ton père n'est pas élu, dit Marc.

— Et il est souffrant, ajouta Madeleine.

— Tu n'as pas su tout cela par lettre, fit impétueusement Jacqueline. Pourquoi ne m'a-t-on pas prévenue, moi? Tu as reçu un télégramme et tu l'as sur toi. Donne-le.

Madeleine le lui tendit, elle lut d'un coup d'œil.

— Au plus mal, répéta-t-elle. Il est peut-être mort, à cette heure. Si maman m'eût télégraphié directement, nous eussions pris l'express.

— Elle a redouté pour toi et pour Mad les suites d'une émotion soudaine, dit Marc.

Jacqueline fondit en larmes et, les nerfs soulagés, se prépara au départ.

Il n'y avait qu'un train omnibus à cette heure. La nuit était venue quands ils arrivèrent à la Joliette. La grille n'était que poussée, il n'y avait personne dans le jardin, mais quelqu'un entr'ouvrit la porte du vestibule en élevant une petite lampe, et ils virent la figure défaite de Mme Mazereuil.

— Maman, est-ce fini? dit Jacqueline, se jetant dans ses bras.

— Ma chère fille ! Mes chers enfants ! Non, il vit..... On dirait qu'il repose. Vous attendrez un peu, n'est-ce pas ?

— Y a-t-il de l'espoir?

— Aucun..... Mais il était vigoureux..... La vie lutte avant d'abandonner la place. Oh ! mon pauvre ami !

Des sanglots silencieux la secouèrent. Son cœur se déchirait à l'idée de perdre ce maître égoïste qui avait tout reçu de son inlassable dévouement sans lui rien donner en retour.

— Qu'a-t-il, enfin? questionna Jacqueline. Ne pouvais-tu nous avertir plus tôt? Depuis quand est-il malade?

Mme Mazereuil courba le front comme une criminelle.

— Ce n'est pas une maladie. Il a échoué hier, et cette nuit il..... a voulu se tuer d'un coup de revolver.

Marc et Madeleine se regardèrent avec consternation. Le malheur était plus grand qu'ils ne l'avaient supposé..... Prosper

Mazereuil couronnait une existence d'impie et de jouisseur par cette lâcheté suprême : le suicide.

— Pour un échec électoral ! On n'a jamais vu ça ! s'exclama Jacqueline. C'était bien la peine !

— Non, oh ! non, bégaya sa mère. Je ne comprends pas..... Il s'est affolé, lui qui avait une intelligence si lucide, tant de maîtrise de soi ! Mon Dieu ! Mon Dieu !

Ce mot lui venait aux lèvres comme un instinctif appel à la toute-puissance et à la clémence infinie. L'homme qui souffre dit : « Mon Dieu ! » comme l'enfant crie : « Maman ! »

Elle reprit :

— La balle a dévié, c'est pourquoi il n'est pas mort sur le coup. Mais il est bien perdu.

Elle écouta.

— Il a remué, vous pouvez venir. Vous allez le trouver méconnaissable.

Ils entrèrent sur ses pas dans la chambre du mourant. Hélas ! qu'était devenu le beau Mazereuil ? On ne voyait de lui qu'une face hideuse et boursouflée, enveloppée de linges sanglants. Jacqueline détourna la tête avec horreur, mais les yeux, qui disparaissaient presque sous les paupières tuméfiées, l'avaient aperçue, le malade agita la main en murmurant :

— Ma fille !

Surmontant sa répulsion par un violent effort, elle s'avança.

— Mon pauvre papa ! dit-elle, sans avoir le courage d'effleurer de ses lèvres ce visage déchiqueté, tu dois énormément souffrir. Marc est venu pour te soigner, il va examiner ta blessure.

— Oui, n'est-ce pas ? fit Mme Mazereuil, prise de je ne sais quel impossible espoir.

Marc détachait déjà le pansement. Ne pouvant supporter cette vue, Jacqueline s'empressa de retourner près de Mad, qu'elle avait déposée sur le lit de sa chambre de jeune fille.

Un coup d'œil suffisait pour faire évanouir toute illusion. L'épouse infortunée lut dans le regard de Marc la confirmation de l'inexorable sentence.

Elle sortit néanmoins avec lui. Voyant une garde près de son tuteur, Madeleine les suivit.

— Ayez du courage, ma mère, dit le docteur, ce n'est plus qu'une question d'heures.

Mme Mazereuil comprima avec son mouchoir le sanglot qui aurait pu être entendu de Prosper.

— Tante Lucile, demanda Madeleine, avez-vous fait appeler le prêtre?

— J'allais vous poser la même question, reprit Marc.

— Je n'ai pas osé, dit Mme Mazereuil, de peur d'exaspérer mon pauvre mari et d'amener le dénouement fatal. J'y pense pourtant, je ne pense qu'à cela depuis l'horrible instant..... Mais comment voulez-vous?.....

— Il faut agir, dit énergiquement Madeleine, il y va de son salut. La foi n'est pas morte en vous, tante Lucile, j'en suis certaine. Vous ne vous consoleriez pas de n'avoir pas tout fait pour l'âme de celui que vous avez aimé.

— C'est vrai, je le sens, les remords me déchireraient..... Mais introduire un prêtre sans avoir averti Prosper, n'est-ce pas trop risquer?

— Laissez-moi quelques instants seule avec lui.

— Tu voudrais le lui proposer? Que tu es courageuse, toi, mon enfant!

— Priez pendant ce temps, dit Madeleine à son cousin. Si Dieu n'accorde une grâce extraordinaire à mon pauvre tuteur, mes efforts seront vains.

— As-tu pensé à Armande? dit tout à coup Mme Mazereuil. Que fera-t-elle? Que dira-t-elle si elle voit un prêtre entrer ici?

— Elle n'a pas le droit de s'y opposer, répondit Marc, pourvu que mon père consente à le recevoir. N'ayez pas peur, je saurai épargner une scène violente à notre malade. Où est-elle?

— Elle s'est retirée chez elle. Pas un instant elle n'est venue près de son frère mourant. Son cœur est si dur!

Madeleine rentra dans la chambre de son tuteur. Sur un mot, la garde se retira, et la jeune fille se pencha sur le visage de Mazereuil.

— Vous souffrez beaucoup, Monsieur? dit-elle très doucement. Je demande à Dieu de vous soulager.

N'obtenant pas de réponse, elle poursuivit, sans autre préambule :

— Si M. le curé de Saint-Paul se présentait, ne voudriez-vous pas le voir?

— Le curé, jamais! dit nettement Mazereuil. Je me suis

passé des calotins toute ma vie, je compte faire de même à la mort !

— Vous le pouvez, dit Madeleine. Dieu laisse à l'homme la liberté de rester sourd jusqu'à la fin aux appels de sa miséricorde. Mais on ne se dérobe pas au jugement, à la juste sentence qui suit le dernier soupir. Vous, un intelligent, vous ne sauriez être fermement convaincu que par delà cette vie il n'y a rien. Nous portons au tréfond de nous-mêmes l'instinct de notre immortalité, nous souhaitons nous survivre, et véritablement l'esprit survivra à son enveloppe de boue....., et ce sera pour l'éternelle récompense ou le châtiment éternel. Tout cela, vous l'avez su et cru autrefois. C'était la vérité, elle est immuable. On peut la nier, mais on ne saurait l'empêcher d'être.

— Assez ! gronda-t-il, vos sermons m'ennuient.

— Non, je ne puis me taire, j'ai trop de peine en voyant votre âme sur le point de périr pour l'éternité. Mon pauvre tuteur, ayez pitié de vous-même..... Votre sort est en vos mains. Laissez approcher le ministre de Dieu.

— Vous voulez que je me confesse ? Soit, je vais le faire....., à vous, pas au curé. Savez-vous pourquoi j'ai voulu mourir ? C'est que vous êtes majeure depuis huit jours.

— Majeure ! C'était vrai. Madeleine avait laissé passer cette date importante de sa vie sans lui accorder une attention particulière. Mais comment sa majorité avait-elle pu pousser Mazerouil au suicide ? Ne comprenant pas, elle se demanda si le délire commençait.

— Il me fallait vous rendre mes comptes, reprit Prosper, et je ne le pouvais pas. Votre argent n'est plus entre mes mains..... Des tripotages, des coups de Bourse....., des choses auxquelles vous n'entendez rien..... Les trente mille francs y ont passé, vous n'avez plus que l'immeuble de Pompain. J'espérais que mon élection arrangerait tout. Nous nous serions entendus, je vous aurais payé les intérêts, en attendant la reconstitution du capital. Dalbin a eu vent de quelque chose, il fourre son nez partout. Au dernier moment, il lança des insinuations trop claires, me défiant de me justifier. J'étais pris au dépourvu ; ma riposte manqua d'énergie, de précision ; la grande masse des électeurs fut retournée comme un gant, et Dalbin eut trois mille voix de majorité. Armande aurait du me sauver, ses conférences lui rapportent gros, et je sais qu'elle a des économies. Elle n'a pas voulu..... Il ne me restait qu'à faire le grand saut pour ne pas avoir à rougir devant Lucile et mes enfants. Ils sauront plus tard....., il le faudra bien, quand je ne serai plus. Vous vous tairez jusque-là, n'est-ce pas, Madeleine? Je ne vous demande que ce délai..... bien court. Vous ne le refuserez pas à un agonisant qui fut l'ami de votre père. Vous ne perdrez rien, les Villedaniel sont fiers, ils vous rembourseront. Lionel le peut aussi. Mais que va-t-il dire, lui? Que dira Félipier?

Prosper Mazereuil s'agita en poussant un sourd gémissement.

— Vous ne répondez rien. Est-ce que vous ne voulez pas attendre ma mort? Puisque je vous affirme que vous serez remboursée..... J'ai eu tort de parler, d'avoir confiance en votre générosité. Oh! pourquoi ai-je été assez maladroit pour que la mort n'ait pas été instantanée? Je n'aurais pas souffert inutilement.

— Non, ce ne sera pas inutilement, je l'espère, dit Madeleine avec une grande douceur. Dieu a sur vous des desseins de miséricorde, puisqu'il vous laisse du temps pour vous réconcilier avec lui. Quant au reste, soyez en repos, personne au monde ne connaîtra l'aveu que vous venez de me faire; ce sera un secret entre vous et moi. Je suis majeure, libre de mes actes : je fais l'abandon pur et simple de tout ce qui a été dissipé.

Il la regardait avec une sorte de stupeur :

— Mais vous n'avez pas compris? Je vous dis que tous vos capitaux sont engloutis, excepté la maison.

— J'ai compris, et je répète que je vous tiens quitte.

— Vous serez pauvre.

— Je travaillerai. Dieu m'a donné la santé, et le courage ne me manquera pas.

— Ainsi vous cacheriez la vérité, même à mes enfants, même à..... Lucile?

— Surtout à eux. A jamais je garderai là-dessus le plus profond silence.

La bouche tordue par la souffrance ébaucha une espèce de sourire.

Lucile! A cette heure suprême, l'humble créature dont il avait fait si peu de cas grandissait aux yeux de Prosper.

D'échoir devant elle lui paraissait tout à coup le plus affreux des supplices. Et Madeleine lui promettait que cette humiliation lui serait épargnée ! Lucile garderait le culte de sa mémoire, pour elle il resterait l'idéal que son amour avait paré de vertus chimériques et qu'aucune ombre ne pouvait [illegible].

— C'est impossible, dit-il soudain. On vous interrogera, les subtilités légales vous sont inconnues, vous vous laisserez embarrasser et la vérité jaillira forcément.

— Indiquez-moi un homme de loi en qui je puisse mettre ma confiance. Au besoin, je le consulterai [illegible]

Mazereuil réfléchit un instant.

— Voyez M. [illegible], c'est un homme sérieux et intègre, il vous guidera. Et puis ouvrez mon secrétaire, prenez [illegible] gauche, ce rouleau de papiers qui porte votre nom, vous y trouverez tous les renseignements nécessaires.

Elle obéit [illegible] près de lui.

— Merci, Madeleine, murmura-t-il, vous êtes [illegible] bonne et généreuse. Grâce à vous je mourrai [illegible].

— Ne me remerciez pas, dit-elle, mais accordez-moi de [illegible] [illegible] [illegible] qui frappe. C'est lui qui [illegible] [illegible] véritable [illegible]

[illegible]

Dans la chambre voisine, Mme Mazereuil et son gendre attendaient anxieusement le résultat de cette longue entrevue. [illegible]

— C'est un miracle, bégaya Mme Mazereuil quand Madeleine [illegible] la bonne nouvelle.

[illegible]

Armande éclata d'un rire insultant.

— De quoi vous mêlez-vous, petite bigote? Vous n'êtes rien dans cette maison, et si vous voulez m'en croire vous retournerez au plus tôt là où vous auriez dû rester. Les sentiments de Prosper me sont connus. Vous avez abusé de sa faiblesse, mais je le défendrai contre l'emprise cléricale. Et, pour commencer, je vais chasser ignominieusement cet intrus.

Elle s'avançait vers la chambre de Mazereuil. Marc lui barra le passage.

— Vous n'entrerez pas, Mademoiselle, dit-il froidement. M. le curé est sous ma sauvegarde, et j'entends qu'il soit respecté.

— C'est ce que nous allons voir ! cria Armande, ivre de rage. Si je ne puis entrer, je l'attendrai, et il entendra ce que j'ai à lui dire.

Alors on vit une chose inouïe : Mme Mazereuil redressa sa taille affaissée, elle regarda sans trembler sa terrible belle-sœur, et d'un ton assuré que nul, jusqu'à ce jour, ne lui avait connu :

— Tant qu'il restera à mon cher mari un souffle de vie, je serai la maîtresse de la maison, dit-elle. Retirez-vous, Armande, vous n'avez rien à faire ici.

Armande blêmit, les enveloppa tous trois d'un regard venimeux et sortit en faisant claquer la porte.

Quelques minutes après, celle de Mazereuil se rouvrit.

— Veuillez préparer ce qu'il faut pour l'administration des derniers sacrements, dit le prêtre, j'ai apporté les saintes Huiles.

IV

La conversion *in extremis* de Prosper Mazereuil eut un certain retentissement dans le pays. Le médecin ordinaire de la famille, étant venu au cours de la cérémonie de l'Extrême-Onction, avait été frappé de la sérénité répandue sur les traits ravagés du mourant. Mazereuil avait alors perdu l'usage de la parole, mais il avait manifesté la sincérité de ses nouveaux sentiments en signant d'une main défaillante quelques lignes écrites par son gendre et dans lesquelles il déclarait se repentir de l'acte criminel, justement réprouvé par la loi divine, qui mettait fin à sa vie, et protestait qu'il mourait dans la foi catholique et voulait être inhumé selon les rites de la sainte Eglise.

Peu d'instants après, il rendait le dernier soupir.

Lionel n'arriva qu'au milieu de la nuit. La dépêche ne l'avait pas trouvé à la sous-préfecture, et Georgette ne la lui avait remise qu'à son retour, dans la soirée. Il s'emporta contre l'intolérable fanatisme des cléricaux et soutint que l'absurde volte-face de son père au lit de mort n'était bonne qu'à nuire à son avancement à lui, Lionel Mazereuil. Sa colère et celle d'Armande furent impuissantes contre l'expression de la suprême volonté du défunt, et la démarche tentée par la Loge de Pompain échoua piteusement. Prosper Mazereuil eut des obsèques religieuses.

L'enterrement fini, on s'occupa de débrouiller la situation. Elle n'était pas brillante. Les Mazereuil s'étaient mariés sous le régime de la communauté, et de la dot de Lucile il ne restait que des bribes. Aucun testament n'existant, la veuve allait se trouver dans une gêne voisine de la misère, bien que le jeune ménage Villedaniel lui fît l'abandon de sa part.

— Il en avait un appétit, mon père, ronchonna Lionel, auquel sa dignité de sous-préfet donnait une singulière arrogance. Dire que c'est lui qui a tout dévoré !..... Car nous autres, nous n'avons pas été gâtés, il s'en faut ! Quand il s'agissait de nos plaisirs et même de nos besoins, on aurait plutôt coupé les liards en quatre. Enfin, maman, il te reste un peu plus que rien. Je ne puis promettre de t'aider, ni te laisser ce qui me revient..... L'argent vient de Georgette, tu sais, et elle n'omet pas de me le rappeler à l'occasion.

Marc consulta Jacqueline du regard.

— Ma mère, dit-il, je suis l'interprète de ma femme en vous priant de venir chez nous. Vous ne pouvez rester seule.

— Non, ce serait trop triste, ma pauvre maman, dit Jacqueline en l'embrassant, et tu ne pourrais pas vivre avec si peu.

— Merci, mes enfants. Je verrai, je réfléchirai, bégaya Mme Mazereuil.

— Je suppose que vous ne comptez pas sur moi, ma chère, dit Armande. La réunion de toute la famille me fournit l'occasion d'annoncer une grande détermination : je me marie.

Tous la regardèrent, stupéfaits, ne pouvant en croire leurs oreilles.

— J'épouse M. Félipier, poursuivit-elle d'un air de triomphe. C'est décidé depuis février, et la célébration du mariage *purement civil* (elle appuya fortement sur ces deux mots) est fixée au 15 juin. La mort de ce pauvre Prosper n'y change rien, la cérémonie devant avoir lieu dans la plus stricte intimité.

Lionel repartit le jour même, affreusement énervé. Il ne revit pas sa tante, craignant, dit-il, d'avoir envie de lui arracher les yeux. Elle-même quitta immédiatement la Joliette pour se retirer, en attendant son mariage, chez des amis qu'elle avait à Sceaux. Les Villedaniel s'en allèrent le lendemain : Jacqueline avait besoin de retrouver son milieu habituel pour se remettre des émotions de ces derniers jours. Trop d'embarras restaient sur les bras de Mme Mazereuil pour qu'elle pût les suivre. Madeleine offrit de lui tenir compagnie.

Pour elle, le temps de la sécurité et de l'insouciance de l'avenir était passé. Après mûres réflexions, elle écrivit à la Mère Marie-Paule, demeurée supérieure de Sainte-Foy, dont elle avait fait une maison de retraite. La vieille religieuse avait d'excellentes relations, et son influence lui avait permis de venir en aide à beaucoup de personnes.

Entre temps, Madeleine reçut une lettre de Mme Villedaniel.

Je sais, disait-elle, que Mme Mazereuil ne peut actuellement se passer de toi. Mais dès qu'elle aura quitté la Joliette tu me reviendras, n'est-il pas vrai, chère fille de mon cœur? Ici, choses et gens t'attendent. Le rosier de la tonnelle se couvre de boutons et celui qui tapisse le rocher a des fleurs épanouies. Les fruits sont noués, nous en aurons beaucoup. Naïk a repassé avant-hier les rideaux de ta fenêtre, ils sont de ce blanc de neige que tu aimes. Hier, la vieille Caticho, en m'apportant des crevettes, me demandait si la gentille demoiselle qui avait toujours un mot gracieux pour le pauvre monde ne reviendrait plus. A quoi j'ai répondu avec empressement : « J'espère bien que si. » Tu le vois, tu es bien vivement désirée.

Madeleine posa la lettre en étouffant un soupir.

Non, ce rêve tranquille et doux ne devait pas se réaliser. Sa présence à Rosmeneur n'aurait servi qu'à entretenir dans le cœur de l'aïeule de Marc le regret de ce qui aurait pu être, de ce qui ne serait jamais. Madeleine était résolue à gagner courageusement sa vie. Elle attendit la réponse de la Mère Marie-Paule.

— Et après, chère tante, que ferez-vous?

— Le sais-je, mon Dieu? Ce qui est certain, c'est que je ne puis me résoudre à aller à Rennes.

— Jacqueline vous aime, cependant, et vous n'auriez jamais, je vous assure, à vous plaindre de Marc.

— Ah! certes non. Marc est la bonté, la générosité, la délicatesse en personne, et c'est pour cela que je ne comprends pas Jacqueline. Il y a entre eux une froideur dont la cause m'échappe. Tu t'en es aperçue comme moi, Madeleine. Je jurerais que tous les torts sont du côté de ma fille. Je ne veux pas être le témoin forcé de leur désunion.

— Le terme est trop fort, dit Madeleine.

— Oui, pour le moment du moins, mais ces brouilles de ménage finissent par s'envenimer, et elles ont de tristes conséquences. Ils étaient si heureux, pourtant, à la naissance de Mad! Mais c'est fini..... Non, non, je n'irai pas chez eux. Déjà je le leur ai écrit, sans donner le vrai motif de mon refus. Marc m'a répondu par des propositions généreuses : il offre de payer ma pension dans un établissement religieux ou autre, car ils ne veulent pas que je reste seule, et, en effet, je ne pourrais supporter la solitude absolue, il me semble que je perdrais la raison.....

Elle fondit en pleurs. Madeleine l'embrassa affectueusement.

— Non, certainement, pauvre tante, on ne peut vous laisser livrée tout entière à vos douloureuses pensées.

— Et pourtant, comment veux-tu que j'impose une telle charge à Marc, à Marc que ma fille ne rend pas heureux? Les pensions sont chères, je me suis informée.

— Eh bien! tante Lucile, je vais vous faire une proposition. J'ai trouvé une situation honorable et avantageuse.....

— Toi, Madeleine! fit Mme Mazereuil, étonnée. Mais tes parents t'ont laissé de quoi vivre. Tu nous as dit avoir reçu de mon cher mari ce qui t'était dû.

— Oui, tante, mais j'ai disposé d'une partie de mes capitaux.

— Ah!

Mme Mazereuil ne comprenait pas, mais formée à la discrétion par un mari qui ne lui faisait point de confidences, elle s'abstint de questionner la jeune fille.

— Dans dix jours, je dois partir pour Paris. J'y verrai la

personne qui m'emploie et, de là, me rendrai à Biville — c'est tout proche, en Seine-et-Oise, — afin d'y prendre la direction d'une école libre et d'un patronage. Mes occupations me laisseront peu de loisirs. Voulez-vous venir avec moi, tante Lucile? Vous gouvernerez notre petit intérieur, et aux repas, aux soirées, ce sera une grande douceur de nous retrouver, d'échanger nos pensées, de rappeler nos communs souvenirs.

Mme Mazereuil joignit ardemment les mains.

— Tu me sauves, chère fille. Vivre auprès de toi, c'est un rêve que je n'osais faire. Je vais me mettre à ton école, tu me rapprendras la vie chrétienne. Je veux pratiquer, prier, réparer pour *lui*.

Ainsi, toujours sa pensée fidèle revenait à celui qui l'avait occupée pendant vingt-huit ans. Mort ou vivant, c'est pour son cher Prosper qu'elle entendait vivre.

V

Debout devant sa toilette, Jacqueline attache la robe d'un mauve rosé, qui sied à sa beauté blonde.

Elle a quitté le deuil depuis plus d'un an, et il y en aura bientôt deux que Prosper Mazereuil repose, au cimetière de Pompain, dans sa tombe abandonnée de tous, excepté de la veuve qui, deux fois l'année, vient la visiter.

Jacqueline n'est plus isolée à Rennes. Elle a rencontré par hasard, dans un salon, une femme encore jeune, ou paraissant l'être, aux costumes tapageurs et aux allures excentriques, qui s'intitule la baronne de Trède et qu'on voit partout où il y a foule : aux courses et au théâtre comme aux grands sermons et aux fêtes de charité. La baronne s'est prise d'une belle passion pour la charmante Mme Villedaniel, et elles sont en train de devenir inséparables, quoi que le docteur ait fait jusque-là pour éloigner sa femme de cette amie suspecte.

Par elle, Jacqueline a été introduite dans une société plus éclectique, « moins collet monté » que celle où elle fréquentait auparavant, une société qui ne lui déplaît pas, parce qu'elle ressemble assez à celle qu'elle voyait chez ses parents.

— Dieu ! que Madame est belle sous ce costume ! s'exclame Yvonne, qui assiste sa maîtresse.

Tout en s'occupant encore de Mad, la petite Yvonne, qui

a beaucoup grandi — elle a tout près de dix-sept ans, — passe insensiblement aux fonctions de femme de chambre. Naturellement adroite et douée de goût, elle a profité des leçons de repassage et de couture que Jacqueline lui a fait donner, et celle-ci se montre de plus en plus satisfaite de ses services.

La louange sortie de cette bouche sincère n'est pas à dédaigner. Jacqueline la recueille avec un sourire, mais presque aussitôt elle dit, les yeux sur la glace qui lui renvoie une resplendissante image :

— Il y a ici un pli disgracieux..... Voyez, au bas du corsage..... Il faut le retoucher sur-le-champ. Vous en êtes capable, Yvonne.

— Je crois que oui, Madame. C'est vrai, la couturière n'a pas fait attention.

— Heureusement, nous avons le temps..... Oui, cinq quarts d'heure au moins. J'ai bien fait de commencer ma toilette de bonne heure. Eh bien ! Yvonne, qu'attendez-vous ?

— C'est dimanche, Madame, hasarda la jeune fille en baissant les yeux.

— Et puis ? En voilà un niaiserie. Ce n'est pas pour quelques points faits le dimanche que vous serez damnée, ma pauvre enfant. Le catholicisme rétrécit les idées. Vous comprenez que je ne puis manquer le concours à cause de vos scrupules.

Yvonne rougit. Son hésitation avait été de courte durée. Délibérément, elle commença à défaire une couture.

Le silence s'était rétabli. On n'entendait que le bruit sec des ciseaux coupant le fil. Il fallait des précautions minutieuses pour ne pas endommager l'étoffe. Yvonne y réussit. Prenant une aiguille, elle se mit en devoir de rebâtir et de recoudre sur le corps même de sa maîtresse.

Mais de petits pas pressés sonnèrent dans le corridor, de petits poings frappèrent la porte, et une voix argentine cria :

— C'est Mad, petite mère.

— J'entends, mon trésor. Yvonne, allez ouvrir.

Mad entra en courant et se planta devant Jacqueline.

— Belle, belle, petite mère ! dit-elle en battant des mains.

— Viens m'embrasser, mon amour, mais prends garde, ne salis pas ma robe avec tes petits doigts.

L'enfant leva ses menottes blanches.

— Mad a les mains propres, dit-elle avec dignité.

Elle parlait très intelligiblement, et tout en elle annonçait un esprit précoce. C'était une belle enfant, gracieuse et bien prise. Elle avait le teint éblouissant et les cheveux bouclés de sa mère, mais ses yeux avaient gardé leur nuance sombre et douce de violette des bois.

— Oui, je sais, tu ne ressembles pas aux autres bébés, tu te conserves sans tache comme une petite hermine, dit la jeune mère, l'embrassant longuement.

Elle se redressa en entendant frapper et prononça un : « Entrez ! » passablement sec.

— Mad est ici, dit Marc, c'est bon. J'étais occupé pendant qu'elle jouait près de moi. Tout à coup, levant la tête, je ne la vis plus. Que faites-vous là, Yvonne?

La fillette devint rouge comme une cerise.

— Une retouche à cette robe. C'est fini, Monsieur.

Le visage du docteur s'assombrit ; il demanda :

— Etes-vous allée à la messe ?

— Je n'ai pas eu le temps, dit-elle très bas.

— Toutes les messes sont dites, reprit-il en jetant les yeux sur la pendulette de marbre blanc, hors celle de midi. Hâtez-vous, si vous voulez arriver à temps, et je n'en réponds pas.

Yvonne sortit, tandis que Jacqueline haussait les épaules.

— Vous avez une manière tragique de prendre les choses, dit-elle (elle avait adopté avec son mari le « vous » cérémonieux). Si cette petite manque la messe aujourd'hui, sera-ce un si grand malheur? Une fois n'est pas coutume.

— Il n'y a que le premier pas qui coûte, Jacqueline, et encore..... celui-là est-il bien le premier? Yvonne me paraît apporter de la négligence dans l'accomplissement de ses devoirs de religion. Vous l'avez fait coudre ce matin.

— Et je le ferai chaque fois que je le jugerai nécessaire. Yvonne est-elle à votre service ou au mien ?

— Au vôtre, indubitablement, ce qui n'enlève rien à ma responsabilité de maître de maison. Je suis tenu, en conscience, à veiller sur l'âme comme sur la santé corporelle de nos serviteurs. Et précisément je venais ce matin vous parler d'Yvonne.

— Bon ! Quelle nouvelle lubie vous prend? Dites vite, j'ai peu de temps pour vous entendre.

— Jacqueline, vous laissez traîner vos livres sur la table,

des livres comme celui-ci, dit-il en tendant le doigt vers un volume à robe jaune paille, agrémenté d'un titre rouge.

Elle le prit négligemment :

— Ce livre ! Eh bien ! quoi ? C'est le dernier ouvrage de Gaston Lestoc, et il est fort bien écrit.

— Je ne dénie pas le talent à cet homme, je constate seulement qu'il l'emploie à la propagation des doctrines impies et subversives, dans la société comme dans la famille.

— Ces doctrines que vous condamnez sont les miennes, dit Jacqueline avec hauteur.

Le pli douloureux apparu depuis peu sur le front de Marc, et qui allait chaque jour s'accentuant, sembla se creuser un peu plus, un soupir qu'il cherchait à étouffer s'échappa malgré lui.

— Mes paroles vous désolent, reprit-elle. Je le déplore. Il nous eût été plus agréable à l'un et à l'autre de nous entendre sur tous les points. Du moins, vous ne sauriez arguer de l'ignorance où je vous ai tenu à l'époque de notre mariage. Je vous ai fait plusieurs fois une franche déclaration de principes.

— Oui, Jacqueline, vous avez été parfaitement loyale, et je n'ai pas le droit de vous adresser un reproche.

— Avouez, mon pauvre ami, que vous espériez me convertir. Vous êtes animé d'une grande ardeur de prosélytisme..... Vous faites partie de je ne sais combien de confréries, de ligues, d'associations..... Il m'est revenu que vous catéchisiez des jeunes gens..... Il est cruel, pour un apôtre, de trouver à son foyer un esprit rebelle à son influence. Mais vous étiez averti.

— Rentrons dans la question, Jacqueline, je vous en prie. Ces volumes, ces brochures que vous laissez dans votre appartement, Yvonne les lit.

— Quelle idée ! Mais non, mon cher ; ces ouvrages-là sont fort au-dessus de sa portée, ce serait de l'hébreu pour elle.

— Vous vous trompez. Si certaines expressions lui sont inconnues, si la contexture des pensées lui échappe quelquefois, elle en saisit parfaitement le sens général, et elle absorbe de la sorte assez de poison pour s'en imprégner. L'autre jour, vous étiez absente. J'entrai pour embrasser Mad. En m'apercevant, Yvonne se troubla et cacha sous son tablier le volume qu'elle lisait. Mais j'avais reconnu la couverture et le titre.

— Eh bien ! après tout, quand elle apprendrait, cette enfant, que la société est mal faite et que certains s'efforcent de hâter l'avènement de l'ère nouvelle dans laquelle, débarrassé de tous préjugés politiques et religieux, l'homme évoluera sans entraves dans le monde, où serait le mal ?

— L'ère dont vous parlez ne viendra jamais, Jacqueline, et vous aurez enlevé à Yvonne la foi qui est sa sauvegarde et son appui. Par quel bien remplacerez-vous celui qui lui fait accepter sans envie ni amertume son humble condition d'ici-bas, en lui ouvrant sur l'infini une incomparable perspective ? Ne sentez-vous pas, avec votre esprit si pénétrant, avec votre cœur si chaud, ce que souffrirait cette enfant si elle ne voyait que la terre aride sous ses pas et le ciel fermé sur sa tête ?

— Quel orateur vous êtes et que j'aime à vous entendre, Marcel ! dit la jeune femme, mi-souriante, mi-sérieuse. Savez-vous que vous auriez fait un brillant avocat ? Enfin, vous aurez gagné votre cause ; je mettrai sous clé ces écrits, dont je ne soupçonnais pas le pouvoir toxique.

Une lueur de joie passa dans le regard trop grave du Dr [illegible].

— Merci, ma chérie, dit-il tendrement.

— Et maintenant je vais être en retard par votre faute. Vite, que je mette mon chapeau.

— Vous sortez, Jacqueline, à l'heure du déjeuner ?

— J'avais oublié de vous prévenir, en effet. Je vais au concert [illegible] avec Mme de Trède et quelques autres amies. Nous avons rendez-vous au restaurant, [illegible], où chacun paye son écot en esprit et en argent.

— Encore Mme de Trède et sa coterie ! Je vous avais prié d'éviter ces gens-là.

Le pied de Jacqueline frappa le parquet avec impatience.

— [illegible]

— Peut-être. Ce qui concerne Mme de Trède me serait indifférent s'il ne s'agissait de votre bonne renommée.

— Je vous en suis très reconnaissante. Mais prétendez-vous me tenir captive par cette belle journée?

— Non, ma Jacqueline. Ne voulez-vous pas me permettre de prendre la place de Mme de Trède et de vous accompagner au concours?

La flamme de colère s'éteignit dans le regard de Jacqueline.

— Vous! Mais vous n'aimez pas les chevaux! Vous ne pratiquez aucun genre de sport!

— Je m'y suis livré cependant avec fougue au sortir du collège..... Et puis les attraits du travail intellectuel ont primé peu à peu tous les autres, j'ai délaissé les exercices jadis aimés. C'est un tort, je m'y reprendrai, et, pour commencer, en quittant la table, j'enverrai chercher une auto. Dis, mon aimée, cela te plaît-il?

Il se penchait vers elle, l'enlaçait d'un bras caressant. Conquise par la douceur du geste, par l'amour profond qu'elle lisait dans les yeux de son mari, elle sourit, lui tendit son front, et ce jour-là le bonheur des premiers temps de leur union sembla renaître et resplendir d'un éclat nouveau.

VI

Des jours paisibles suivirent. On eût dit que le mauvais génie qui s'amusait depuis longtemps à brouiller les cartes du ménage Villedaniel s'était lassé de cette vilaine besogne et avait pris son vol vers d'autres régions.

Marc avait fait un sévère examen de conscience.

Ne s'était-il pas laissé rebuter trop vite par les difficultés de la tâche toute d'amour et de persévérance, entreprise avec une juvénile ardeur au jour de son mariage? S'était-il donc imaginé que les barrières tomberaient toutes seules? Et, dès les premières révoltes de sa jeune femme, la défiance et le découragement s'étaient glissés dans son cœur, à lui!

Ce n'est pas ainsi qu'on emporte les forteresses. L'échec peut être suivi d'une victoire si l'assiégeant ne se lasse pas. Que dis-je? Il saura, s'il est habile, utiliser les revers au profit de son expérience.

Le Dr Villedaniel redevint le jeune mari tendre et gai de

la première année. Il guetta les occasions de procurer des distractions à Jacqueline. Cette année-là, on donna à Rennes des fêtes de charité, des concerts, des matinées classiques. Les Villedaniel s'y montrèrent. On les vit se promener à pied ou en auto, leur jolie Mad entre eux. Ils passèrent des soirées charmantes dans un petit salon dont la porte-fenêtre ouvrait sur le jardin. De belles roses s'alanguissaient dans un vase au col élancé ; sous les fanfreluches de l'abat-jour glissait une clarté rose, et les ors des cadres jetaient de-çà de-là un éclair discret. La jeune femme se mettait au piano et son mari tournait les pages..... Ils chantaient quelquefois. Marc possédait une belle voix de baryton, Jacqueline un mezzo-soprano d'une souplesse exquise. De l'autre côté du jardin, les voisins faisaient silence pour ne rien perdre de ce régal des oreilles.

A 10 heures, ils se taisaient, « comme de petits bourgeois bien sages », disait Jacqueline, et ils allaient embrasser Mad, qui reposait dans son lit blanc.

On alla deux fois à Rosmeneur pendant l'été, et, en août, Mme Mazereuil, après avoir fait son pèlerinage bisannuel à la tombe de Prosper, vint passer deux semaines à Rennes. Madeleine n'avait pu quitter Biville : son patronage l'occupait fort pendant les vacances, ses adjointes étant retournées dans leurs familles.

La veuve donna des nouvelles du jeune ménage Mazereuil, lequel entretenait peu de rapports avec les Villedaniel. Tout n'y allait pas pour le mieux. Lionel tenait de son père des goûts de dissipation, mais la petite sous-préfète était d'humeur moins accommodante que sa belle-mère et serrait de plus en plus les cordons de la bourse, dont elle gardait la direction. Tous deux s'unissaient seulement pour maudire Armande, dont ils avaient tout à redouter. Félipier était sous l'empire de la perverse créature, et on disait couramment qu'il avait l'intention de lui léguer sa fortune, au détriment de sa fille.

..... Un matin d'octobre, Jacqueline, en dépliant le journal socialiste qu'elle recevait, tomba sur l'annonce suivante :

Nous donnons à nos lecteurs la primeur d'une bonne nouvelle : la citoyenne Mazereuil, aujourd'hui Mme Félipier, qui, depuis son mariage, avait interrompu la série de ses conférences, se dispose à les reprendre. Elle y traitera des sujets les plus passionnants : la vie future, les plaies de la société moderne, le paupérisme, le mariage et le divorce, l'éducation des enfants. La semaine prochaine, elle sera à Rennes.

Au déjeuner, Marc semblait nerveux. Jacqueline en fit la remarque.

— Tu as appris la nouvelle, dit-elle, et c'est cela qui te contrarie.

— J'avoue n'en être pas ravi. Pourquoi Mme Félipier, entre toutes les villes de France, a-t-elle choisi Rennes pour y faire sa première conférence?

— Peut-être afin d'avoir le plaisir de m'y voir.

Cette parole, dite en plaisantant, accrut l'énervement du docteur.

— J'espère bien que cela ne sera pas, dit-il avec une vivacité dont il ne fut pas maître et qui amena immédiatement dans les yeux de Jacqueline cette lueur de révolte que toute manifestation d'autorité avait le don d'y faire luire.

— Je ne sais si j'irai à la conférence, dit-elle négligemment. Il est possible que ma tante me le demande, ce serait tout naturel.

— Elle ne se présentera pas chez nous ou tu ne la recevras pas. Toutes nos relations ayant cessé depuis la mort de ton père, ce n'est assurément pas l'occasion de les renouer.

La jeune femme ne répondit pas.

Les journaux reparlèrent de la conférence. On sut qu'elle serait donnée le mercredi suivant et qu'elle aurait pour sujet : « De la prétendue indissolubilité du mariage. »

Le lundi matin, Jacqueline reçut une lettre dont elle reconnut les caractères anguleux et les traits horizontaux, pareils à des lames de sabre, qui terminaient chaque mot.

Ma chère nièce, disait le carré de bristol, les circonstances m'amenant à Rennes, je serais heureuse de causer un moment avec toi. C'est même tout exprès que j'arriverai dès demain, mardi ; mais, ne voulant pas m'exposer à être poliment évincée, je n'irai pas frapper à ta porte. S'il reste en toi quelques traits de l'indépendante Jacqueline d'antan, viens à l'hôtel X..., où je serai descendue, de 3 à 5 heures de l'après-midi.

Ta tante,

ARMANDE FÉLIPIER.

La femme du docteur resta songeuse. Elle n'avait jamais eu d'affection pour sa tante, mais une ligne de ce billet frappait au bon endroit : « S'il reste en toi quelques traits de l'indépendante Jacqueline d'antan..... »

Eh ! certes, cette Jacqueline-là n'était pas morte, elle se portait même à merveille. Marc avait été maladroit, l'autre jour, en donnant un ordre positif. La résolution de la jeune Mme Villedaniel fut bientôt arrêtée : elle montrerait qu'elle ne reconnaissait pas de maître.

Un peu avant 4 heures, le lendemain, elle se rendit à l'hôtel indiqué et se fit conduire à la chambre occupée par la conférencière.

— Ah ! c'est toi, dit celle-ci, j'avais presque renoncé à l'espérance de te voir.

— Vous devriez mieux me connaître, ma tante.

— Tu as dû venir en cachette?

— Moi ! Vous savez bien que je ne puis souffrir le mystère. Il faut que j'agisse au grand jour. Je n'ai pas jugé nécessaire d'avertir mon mari, mais je ne craindrais pas de tout lui dire.

— Tu feras aussi bien de te taire. Les maris les meilleurs traitent toujours une jeune femme en fillette et surveillent soigneusement ses faits et gestes.

Puis, passant à un autre ordre d'idées :

— Je croyais avoir définitivement abandonné les conférences. Mais l'inaction me pesait, je regrettais le contact avec les foules et cet orgueil qui monte au cerveau quand on sent que la lumière a jailli et qu'on a fait passer sa conviction dans l'esprit de ses auditeurs. Aussi, lorsque des amis sont venus me reprocher mon silence et me presser de reprendre ma tâche interrompue, je n'ai résisté que pour la forme.

— Et M. Félipier ne s'y est pas opposé?

Jacqueline ne pouvait se décider à dire mon oncle.

— Au contraire, il a été le premier à m'y engager. Retiens ceci : si je me suis mariée, c'est que je savais pouvoir conserver ma liberté. Le joug n'est pas de mon goût. Et toi? M. Villedaniel n'a-t-il pas tenté de te gagner à ses doctrines?

— Il le désire peut-être, mais il n'a fait ouvertement aucune tentative dans ce but.

— Méfie-toi, cependant. M. Villedaniel est habile.

Jacqueline fronça le sourcil.

— Je ne sais ce que vous entendez par ce terme, ma tante. Mon mari est loyal et bon, nous sommes parfaitement heureux;

— Tant mieux. Tu sais que je donnerai ma conférence demain soir, à 8 heures précises, salle Duthaut. Tu y seras?

— A 8 heures du soir.....

Jacqueline hésitait. 8 heures! Mad serait endormie. Sur la table du petit salon, il y aurait un album ouvert avec des vues d'Italie que Marc avait apportées. Ils en regarderaient ensemble quelques-unes, puis le jeune mari ouvrirait le piano en disant : « Veux-tu? »

D'un œil narquois et méchant, Arrmande épiait les impressions de sa nièce.

— Allons, dit-elle, je vois que je ne puis compter sur toi. Ta belle ardeur de combativité s'est éteinte, ma petite. J'ai souvent pensé que tu tenais de ta mère bien plus qu'il n'y paraissait et que tu ne le croyais toi-même.

— Qu'est-ce à dire? fit Jacqueline, se redressant dans une attitude défensive.

— Que ton énergie est toute de surface et que tu as subi sans t'en douter l'influence de ton mari. Ses opinions et ses idées ont déteint sur toi, comme les idées et les opinions de Prosper déteignaient sur Lucile. Tu en arriveras à ne plus voir et juger que d'après lui, et ce sera dommage. Te souviens-tu de nos querelles et de tes ripostes assez rudes? Je ne t'en voulais pas..... Tu étais taillée pour faire une femme supérieure.

— Et je ne suis plus qu'un chiffon, maintenant? dit Jacqueline avec un rire forcé.

Elle s'en voulait de se trouver sensible aux critiques de sa tante.

— Oh! si tu voulais fermement te ressaisir..... Tu pars déjà?

Jacqueline se levait.

— Oui, c'est l'heure du dîner de ma fille.

Armande ne s'était pas informée de l'enfant. Cette femme-là était si peu femme!

— Je ne connais pas Rennes, dit-elle, j'aurais eu plaisir à sortir avec toi, mais cela déplairait probablement à M. Villedaniel.

Certainement, cela lui déplairait..... C'était peut-être un motif pour le faire. Jacqueline voulait se persuader que son esprit d'indépendance était intact.

— Serez-vous libre vers 2 heures, demain? dit-elle. Je viendrai vous prendre.

— Entendu.

Elles se séparèrent. Une sorte de surexcitation s'était emparée de Jacqueline, elle marchait d'un pas saccadé et se sentait de méchante humeur. Au dîner, elle eut envie de braver son mari en lui apprenant qu'elle était allée voir Mme Félipier, mais il semblait si joyeux qu'elle n'en eut pas le courage. Il n'en cacha point la cause : une opération particulièrement délicate qu'il venait de faire.

— Je n'osais espérer la réussite, dit-il, et les confrères qui m'ont assisté ne l'espéraient pas non plus. Les internes, les Sœurs de l'hôpital, tous étaient persuadés que le patient ne sortirait pas vivant de mes mains. Et il s'agissait d'un pauvre ouvrier, père de six enfants. Eh bien ! il vit, il guérira..... Dans quelques semaines, sa famille le ramènera en triomphe au logis.

Marc ne pensait pas même à la célébrité qu'un si rare succès ajouterait à son nom. Jacqueline y songea, elle, et elle considéra le jeune et savant praticien avec admiration. Souriante, elle s'enquit de l'adresse de la pauvre famille, promit d'aller voir la femme et de lui porter des secours.

Ils achevèrent gaiement de dîner. Quand ils furent dans le petit salon, Marc posa un volume sur la table.

— *La Bonne souffrance* manquait à ma bibliothèque, j'en ai fait ce soir l'acquisition. Le connais-tu, Jacqueline? Veux-tu que nous en lisions quelques pages?

— C'est l'ouvrage où Coppée raconte l'histoire de sa conversion, dit-elle dédaigneusement. Non, je ne le lirai pas, ce genre me déplaît.

Le trait lancé par Armande avait porté, Jacqueline se tenait sur ses gardes.

Fidèle à sa promesse, elle entra le lendemain, à 2 heures, chez sa tante.

— Ton mari ne se doute de rien? questionna Mme Félipier.

— De rien, et qu'importe ? répondit Jacqueline.

Tandis qu'elles prenaient le chemin qui mène à l'Hôtel de Ville, Armande dit encore :

— Ne risquons-nous pas de rencontrer M. Villedaniel?

— De quoi vous inquiétez-vous? Je n'ai plus l'âge où l'on a peur de Croquemitaine.

— Que veux-tu? Je n'entends pas mettre le trouble dans

ton ménage. Puisque ton mari ne te permet pas d'assister à la conférence, il n'a pas dû t'autoriser à sortir avec la conférencière.

— S'il me plaît d'entendre la conférence, je l'entendrai.

— Comme tu voudras. Ne me reproche pas les démêlés qui pourront s'ensuivre. Les hommes, en général, ne supportent pas la désobéissance.

Jacqueline ne rentra qu'à 5 heures.

— Monsieur est venu, lui dit Yvonne. Il a recommandé d'avertir Madame qu'il ne dînera pas à la maison.

— C'est bien, dites à Rosalie que je me mettrai à table à 6 h. ½.

Elle se décidait subitement à se rendre à la salle Duthaut.

Après avoir présidé au coucher de sa fille, elle commença à s'habiller, se hâtant, appréhendant malgré elle le retour de son mari. Pourvu qu'elle fût partie quand il arriverait..... Tout était là. Son vœu ne fut pas exaucé : le pas de Marc résonna dans le corridor. Il parla à Yvonne, puis vint à la chambre de sa femme. D'une main qui tremblait légèrement, elle continua à enfoncer une longue épingle dans sa toque noire.

— Tu sortais ? dit-il d'une voix brève.

— Tu m'as fait dire de ne pas t'attendre pour dîner..... J'ai cru pouvoir disposer de ma soirée.

— J'ai mangé au restaurant, reprit-il, afin d'être capable de te parler avec tout mon sang-froid.

— La cause de cette grosse émotion ?.....

— Tu la connais. En dépit de mes recommandations de l'autre jour, tu as vu Mme Félipier, tu es sortie avec elle.

— Je ne le nie pas, c'est bien avec ma tante que l'on m'a vue. Souffrez que je vous félicite de vos excellents policiers.

— Tu n'attends pas que je me justifie. Une personne qui, par hasard, a vu la conférencière à la gare, s'est trouvée sur ton passage. J'étais sans méfiance, il me semblait impossible que tu voulusses m'affliger en te montrant avec Mme Félipier.

— Vos paroles sont insultantes pour ma famille, dit violemment Jacqueline.

— Dieu me garde de froisser en toi des sentiments légitimes, mais..... que te dirai-je que tu ne saches ? Tiens, sa conférence de ce soir, elle l'a faite plusieurs fois, je l'ai lue. Pas toi ? Tu ne peux te faire une idée de la grossièreté, du cynisme qu'elle va déployer en parlant de la famille. La maternité ne trouve pas grâce à ses yeux..... Elle frappe en aveugle, même sur les berceaux. Dis-moi que tu m'as compris, Jacqueline, qu'entre elle et toi tout est fini.

— Je ne ferai pas cette promesse, je veux être libre. Laissez-moi sortir.

Elle fit un pas vers la porte.

— Où allez-vous?

— A la conférence, dit-elle d'un air de bravade.

Une pâleur de cendre s'étendit sur les joues de Marc. Il dit avec force :

— Je vous le défends.

— Vous prétendez faire de moi une esclave?

— Je prétends vous protéger contre votre folle imprudence et sauvegarder le nom que je vous ai donné.

— Prenez garde, cria-t-elle, perdant toute mesure. Je ne porterai jamais un joug. Si vous persistez à me l'imposer, je saurai briser mes liens.

— Le divorce ! fit-il avec horreur.

— Peut-être. Ce n'est pas pour rien qu'on l'a institué. Il fait libres les malheureuses qui, croyant prendre un compagnon, se sont donné un tyran.

— Taisez-vous, dit Marc. Ne comprenez-vous pas que c'est odieux, ce que vous dites là?

— Odieux ! Pourquoi ? D'autres ont divorcé, nous suivrons leur exemple, et nous nous referons une vie nouvelle.

Il détourna la tête et demeura devant la porte, les bras croisés. Elle s'assit, tranquille en apparence, et un long silence régna. Enfin, la demie qui suit 8 heures sonna à la pendulette : il était trop tard pour se rendre à la conférence.

Marc se rapprocha de sa femme :

— Jacqueline, dit-il, vous avez été bien cruelle ce soir. En réfléchissant, vous verrez que je fus guidé par le souci de votre dignité véritable et de notre bonheur à tous deux, notre bonheur menacé, que je défends de toutes mes forces. Oh ! ne le mettez pas en pièces. Pour vous et pour moi, pour notre Mad chérie, dites-moi une bonne parole, ma Jacqueline.

Il l'implorait du regard comme de la voix, mais elle ne desserra pas les lèvres, ne le regarda pas même, et lentement, à regret, il quitta la chambre.

VII

Jacqueline eut une mauvaise nuit. La fièvre courait, brûlante, dans ses veines et martelait ses tempes de coups rythmés, intolérables. Ne pouvant goûter de repos, elle finit par s'asseoir et se laissa emporter par le flot de ses pensées.

Lorsqu'elle avait parlé de divorce, c'était l'orgueil irrité qui avait élevé la voix, mais dans le silence de la nuit le cœur osait crier sa souffrance et demander grâce.

Et personne à qui recourir ! Pas une oreille amie pour recevoir ses confidences, pas une voix pour lui souffler un avis salutaire..... Pas de prière surtout..... Pauvre Jacqueline ! Pauvre âme en désarroi ! Pauvre petite barque jetée sans gouvernail et sans pilote sur les vagues hurlantes !

Au matin, brisée de corps et d'âme, elle éloigna Yvonne et voulut, seule, s'occuper de Mad. Elle baigna d'eau parfumée le gracieux visage, noua d'un ruban bleu les boucles blondes et, l'embrassant, lui dit :

— Va jouer, mon amour.

— Mad n'a pas prié le bon Jésus, dit la petite.

Marc avait appris à sa fille le nom divin, si doux sur les lèvres des innocents. Mad savait très bien sa prière et la récitait tous les jours avec Yvonne.

— Tu prieras une autre fois, dit Jacqueline.

— Le bon Jésus ne serait pas content, petite mère. Il n'aimerait plus Mad, et Mad aurait beaucoup de chagrin.

Cela dit, elle s'agenouilla devant une tête de Christ, d'après Carlo Dolci, que Jacqueline avait laissé suspendre près de son lit, en raison de la surhumaine beauté de cette face souffrante, et appela les bénédictions du ciel sur tous ceux qu'elle aimait. Pendant que se déroulaient ces litanies où étaient unis les noms de petit père et de petite mère, des larmes coulaient des yeux de Jacqueline. Elle les essuya d'un geste maladroit en entendant frapper. Yvonne reparaissait avec une lettre.

— C'est un petit garçon qui l'a apportée, en recommandant de ne la remettre qu'à Madame, dit-elle.

Une rougeur monta aux joues de la jeune femme. Congédiant Yvonne du geste, elle déchira l'enveloppe.

Je t'ai vainement cherchée dans la salle, hier, écrivait Armande. Il y avait beaucoup de monde, et j'ai été fort applaudie. C'est un succès dans une ville cléricale. A parler franchement, je ne comptais guère sur ta présence..... je pensais bien que M. Villedaniel y mettrait son *veto*. Ce n'est pas son coup d'essai probablement, et il n'en restera pas là.

Laisse-moi écrire ce que tu ne m'as pas permis de te dire : ton mariage fut une erreur. Heureusement, le mal n'est pas sans remède.

..... Jacqueline espérait que son mari se referait tendre et suppliant, comme un coupable qui cherche à obtenir son pardon. Elle fut déçue : l'attitude de Marc fut grave et digne, sans raideur ni maussaderie. Une marque de repentir et d'affection de la part de sa femme lui eût fait ouvrir les bras. Elle se garda bien de la lui donner et s'enracina dans sa révolte.

Le temps n'amena point une détente.

Jacqueline semblait se désintéresser de son intérieur, laissait à la cuisinière toute latitude pour les achats et ne prenait plus la peine de contrôler les dépenses. Cette fille, qu'elle avait prise quelques mois auparavant, sur la recommandation de Mme de Trède, avait un air effronté et sournois qui n'inspirait aucune confiance à Marc. Il n'était pas certain que ses sorties du dimanche matin eussent l'église pour but. Une ou deux fois, il la surprit, collée à la porte de la salle à manger, dans l'attitude d'une personne qui écoute.

Malgré l'avis de Marc, Jacqueline se refusa à toute surveillance. Elle sortait beaucoup, et son mari apprit bientôt qu'elle avait audacieusement renoué avec Mme de Trède. Cherchait-elle, par ce moyen, à provoquer la colère de Marc et le coup d'éclat qui amènerait forcément la rupture ?

La longanimité ne toucha point Jacqueline. Elle entretenait maintenant avec sa tante une correspondance assez fréquente. La misérable femme savourait enfin la jouissance de mettre en pratique ses monstrueuses théories. Connaissant le caractère ombrageux de sa nièce, elle évitait, avec une adresse infernale, tout ce qui aurait ressemblé à un conseil ; mais le dard caché sous ses phrases apitoyées ne manquait pas son but.

— ..... Grand'mère nous invite à aller à Rosmeneur pour les fêtes du jour de l'an, dit Marc à sa femme, l'avant-veille de Noël. Je vais lui écrire de compter sur nous.

— Pas sur moi ni sur Mad, répondit Jacqueline. J'ai d'autres projets.

— Quoi ! Vous priveriez cette chère grand'mère du bonheur

qu'elle se promet ! Ne vous rappelez-vous pas ses gâteries de l'année dernière et les bonnes journées passées près d'elle?

— Mais je ne vous empêche pas de recommencer. Allez à Rosmeneur, restez-y tant qu'il vous plaira. Grand'mère tient surtout à votre présence, cela se comprend.

— Non, Jacqueline, elle ne sera pas heureuse si vous et Mad lui manquez.

— Tant pis ! Il m'est impossible de quitter Rennes à ce moment-là. On donne une fête enfantine, je me propose d'y conduire Mad.

— Une fête enfantine ! C'est la première fois que j'en entends parler.

— Nous causons si rarement ! La lettre d'invitation a traîné deux grands jours sur la table du salon, il fallait la lire.

— Qui la donne, cette fête ? Et en quoi consiste-t-elle ?

— Oh ! ne prenez pas ce ton d'inquisiteur. L'idée est de je ne sais plus qui, on l'a accueillie avec enthousiasme. Un Comité s'est formé..... Ce sera tout à fait joli. Rien que des bébés de trois à sept ans, costumés de toutes les manières. Mad sera en papillon..... De la gaze bleue brodée de paillettes et un grand papillon doré dans les cheveux..... Un amour. Aucune des mamans n'ayant un local convenable, la baronne de Trède prête le sien. « Je puis faire ce que je veux, a-t-elle dit, puisque ce bouleversement ne gênera que moi. » Elle a disposé d'une façon charmante de ses trois pièces en enfilade. Enfin, ce sera très réussi.

— Je regrette de n'avoir pas été consulté, dit Marc, s'efforçant de garder son calme, vous vous seriez épargné une dépense inutile. Mad n'assistera pas à cette fête.

— Pour quel motif, s'il vous plaît?

— J'en ai deux. D'abord ce programme n'est pas fait pour elle.

— Vraiment !

— Les bals d'enfants ne sont pas de mon goût. Je ne puis souffrir de voir ces petits paradant, minaudant, singeant les grandes personnes. Ils sont bien plus charmants quand ils poussent un cerceau ou bercent leur poupée. Je ne veux pas vieillir ma fille. Cette raison suffirait à justifier mon refus.

— Voyons l'autre. Si elle vaut la première.....

— Elle vaut mieux encore. Vous n'avez pas oublié ce que

je vous ai dit touchant Mme de Tréder. Cette femme ne doit pas, ne peut pas être votre amie.

— Quelles relations me permettriez-vous ? Ma tante ne vous agréait pas non plus.

— Vous savez pourquoi.

— Pour vous plaire, je devrais fréquenter seulement Mme de Kergast.

— Vous ne sauriez qu'y gagner, Jacqueline.

— Eh bien ! non ! Je ne me soumettrai pas. Si vous vouliez une esclave, il ne fallait pas me choisir pour femme.

— Je n'exige rien que de juste.

— A votre point de vue, pas au mien. Finissons-en. La vie commune est devenue intolérable. Je vous rends votre liberté, je reprends la mienne.

— Jacqueline ! s'écria-t-il douloureusement.

— Épargnez-moi les observations et les prières. Ce qui est dit est dit, je ne suis pas une girouette. La loi est pour moi.

— La loi humaine, loi immorale et mensongère. Nous sommes unis devant Dieu.

— Toujours votre Dieu ! dit-elle avec emportement. Si je croyais en lui, je le haïrais. C'est lui qui nous sépare. Il n'y a pas d'union possible entre ses disciples [illegible] obéissance [illegible] dépens.

— Jacqueline, ma chère femme, il n'est [illegible] ne m'aimez plus.

— Je vous ai aimé, dit-elle durement, et de cet amour j'attendais le bonheur, longue folie ! Mon bonheur a été de courte durée. Il est à terre maintenant, nul n'en relèvera les débris.

— Mais ces ruines sont votre ouvrage ! Jacqueline, si votre amour est mort, le mien est aussi profond, aussi fidèle [illegible] laissez-moi espérer qu'il ressuscitera le vôtre.

Elle fit un geste d'énergique dénégation.

— Puisque vous n'avez que pitié de moi, je [illegible]

[illegible]

sant le poignet et le serrant avec une violence dont il ne se rendait pas compte. Quel grief alléguerez-vous pour obtenir le divorce?

— Le grief, je le tiens, cria-t-elle dans un éclat de rire sauvage. Mais il me faut des témoins. Yvonne! Rosalie!

— Silence! Silence! dit Marc, serrant plus fort, dans son affolement, le poignet délicat qu'il tenait.

— Madame m'a appelée?

Rosalie entrait, l'air goguenard. Il fallait qu'elle eût été derrière la porte pour avoir paru si vite.

Jacqueline s'était dégagée et tendait, pour le lui bien montrer, son bras marbré de taches bleuâtres. Yvonne accourait du fond du corridor.

— Allez-vous-en, cria Marc exaspéré. Madame n'a pas besoin de vous.

Rosalie sortit en marmottant. Après elle, sans un mot de plus, Marc se retira.

Jacqueline s'assit dans l'embrasure [illegible] C'était l'heure où le docteur allait faire ses visites. Au bout de vingt minutes, elle le vit traverser la cour.

Alors, se levant d'un bond, elle ouvrit sa garde-robe, [illegible] versa ses tiroirs. Bientôt, tous les sièges furent encombrés. On y voyait des costumes et des petites robes de Mad, du linge, de menus objets. Un instant, elle sembla perplexe, [illegible] décidant, elle sonna et donna l'ordre de descendre du grenier la plus grande des malles. Pendant qu'Yvonne l'aidait [illegible] [illegible] Rosalie allait chercher une voiture. Mad [illegible] regardait [illegible] sement ces préparatifs.

— Nous partons, dis, petite mère?

— [illegible] Mais [illegible] gnée dans la malle.

— Nous allons voir grand'mère?

— [illegible] Yvonne, habillez-la vite. [illegible]

[illegible]

surtout de me reprendre Mad ! Plutôt que de la lui donner, j'irais la cacher parmi les sauvages des Pampas.

— Pourtant, il aime son enfant, lui aussi, fit Madeleine. La loi que tu invoques ne le privera pas de ses droits paternels.

— En ce cas, Mad habitera chez l'un de nous, et l'autre la recevra chaque année pendant un laps de temps déterminé. J'espère bien qu'elle me sera confiée, c'est pourquoi je veux que le divorce soit prononcé à mon profit.

Elle continua, après un court silence :

— Je ne t'embarrasserai pas trop longtemps, Madeleine. Ma présence pourrait te nuire. Les catholiques considèrent peu les femmes qui sont dans ma situation. Si je trouve un local à bon marché dans le voisinage, je m'y installerai. Mes ressources sont très limitées. Vous pensez bien que je n'ai pas pris un centime à M. Villedaniel. L'argent est à lui, qu'il le garde..... Je suis partie avec les cent vingt francs que j'avais dans mon porte-monnaie.

— Le peu que je possède est à ta disposition, ma chère fille, dit Mme Mazereuil. Je fais des économies, n'ayant rien à dépenser chez Madeleine.

— Et tu peux y rester, ajouta celle-ci. La maison est vaste, on te croira ma parente, et ta présence n'intriguera personne.

— Tu oublies les journaux où le jugement sera inséré..... Enfin, c'est décidé, je ne m'établirai pas à demeure chez toi. Quant à tes petites économies, maman, je me mépriserais si j'allais t'en dépouiller. Je trouverai bien le moyen de gagner ma vie et celle de Mad.

..... C'est le 31 décembre. La nuit tombe, ouatée de brume, une bise aigre frappe aux vitres de Rosmeneur et fait grincer la grosse girouette. Frileusement blottie dans son fauteuil, près de la cheminée du salon, Mme Villedaniel tisonne d'une main distraite.

Avant de sortir pour faire des achats au bourg, Naïk a apporté la lampe, mais sa maîtresse n'a pas permis qu'on l'allumât. L'ombre, qui envahit la pièce s'harmonise avec la teinte assombrie de ses pensées. Il a été mélancolique, ce dernier jour de l'année. Est-ce la faute de ce vent aux sifflements lugubres ou celle des souvenirs, qui se lèvent de tous les recoins de la mémoire de l'aïeule : chers fantômes de disparus, regrets amers, espoirs déçus ? C'est un peu tout cela.

C'est surtout l'effet déprimant de la solitude à pareil jour. L'an dernier, Marc, sa femme et le bébé étaient à Rosmeneur, et le vieux logis s'emplissait de vie. Pourquoi ne sont-ils pas venus, cette fois? La grand'mère a reçu de Marc un billet qui n'explique rien, où l'embarras perce à chaque ligne, et son cœur en est resté endolori. Elle ne l'accuse pas, lui..... Il doit y avoir là-dessous un caprice de Jacqueline. Hélas! hélas! Marc n'est pas heureux. Il a beau feindre la gaieté, on ne trompe pas aisément la perspicacité d'une mère.

Elle est sûre d'être seule dans la maison, Naïk ne peut rentrer avant trois quarts d'heure au bas mot, et cependant le sable du jardin a crié sous un pas nerveux. La porte s'ouvre, une silhouette masculine se dessine et marche vers Mme Villedaniel. Un geste caressant l'enveloppe.

— Te voilà, Marc, mon cher enfant! Comment es-tu entré?

— J'ai trouvé ouverte la barrière du sentier de la grève, grand'mère.

— Tu es seul?

— Seul, répète-t-il, tel un écho.

La voix sourde est étrange. Mme Villedaniel tressaille.

— Qu'as-tu, mon fils? Quel chagrin t'a frappé?

Et, comme il ne répond pas sur-le-champ, elle cherche à tâtons les allumettes.

— Pas encore, j'aime mieux parler dans l'ombre.

Il s'agenouille près du fauteuil, son front brûlant s'appuie sur les mains de la vieille dame.

— Je suis seul, grand'mère, et seul je serai jusqu'à la mort. Jacqueline m'a quitté, emportant notre enfant.

Mme Villedaniel presse de ses doigts tremblants la tête de son petit-fils, ses lèvres cherchent le front aimé et ses larmes le baignent. Plusieurs minutes s'écoulent dans un silence plus douloureux que les clameurs du désespoir.

Marc, le premier, reprend la parole.

— Il y a huit jours....., huit siècles. Le malheur planait sur ma tête. Jacqueline m'avait menacé avant mon départ, mais j'espérais quand même. Oh! ce retour! Je vois encore le sourire moqueur de Rosalie, la cuisinière, à laquelle, ce même jour, j'avais signifié son congé. Ce sourire me glaça jusqu'aux moelles. Mû par un affreux pressentiment, je monte avec précipitation, et, dans l'antichambre,

mon affolement, l'autre jour, je lui ai inconsciemment meurtri le bras. On lui laissera la garde de Mad, en me permettant de voir ma fille, de la recevoir chez moi chaque année... Pour le moment, je n'exaspérerai pas Jacqueline en essayant de la lui reprendre. Grand'mère, je suis venu vous dire adieu.

Elle eut une plainte désolée.

— Ne dis pas cela.

— Pauvre chère grand'mère, faut-il que vous soyez si mal récompensée de votre dévouement !

— Va, je te comprends, dit-elle, ressaisissant son courage. Tu ne peux rester à Rennes.

— Oh ! non. On chuchote déjà sur mon passage, les pauvres gens que je vais voir me regardent avec pitié... Que sera-ce quand le divorce sera connu? Pardonnez-moi, grand'mère, et que tous nos ancêtres me pardonnent, dit-il, la tête basse comme s'il eût senti peser sur lui le regard sévère de ces Villeda[illegible] dont il avait appris à vénérer la mémoire. Je vais disparaître, [illegible] aller au Maroc, en qualité de médecin auxiliaire.

— A quand ton retour?

— Je ne sais.

— Laisse-moi faire de la lumière, mon enfant, dit la triste grand'mère. Avant de te perdre pour si longtemps, je veux voir ton cher visage.

[illegible]

TROISIEME PARTIE

SAUVETAGE

I

Le dernier *Deo gratias* s'éteignit sous les voûtes de la pauvre église de Biville, les chaises furent remuées, les fidèles, peu nombreux, s'écoulèrent. Les garçons de l'école libre, conduits par un Frère sécularisé, firent une sortie bruyante ; les filles se rangèrent deux à deux et se trouvèrent les dernières dans la rue. Alors les langues se délièrent, Madeleine fut entourée :

— Mademoiselle, avons-nous été sages?

— Mademoiselle, trouvez-vous que nous avons mieux chanté?

— Y aura-t-il promenade, après les Vêpres, Mademoiselle?

— Est-ce que la petite Mad en sera?

Madeleine répondait à droite et à gauche.

— Oui, elle était contente, et le bon Dieu l'était aussi. La promenade aurait lieu si le temps restait beau, et elle allait de ce pas demander à la maman de Mad la permission de l'emmener.

Les fillettes s'éparpillèrent, et Madeleine se dirigea vers un pavillon neuf, situé presque vis-à-vis de l'école. Jacqueline s'y était installée peu de temps après son arrivée à Biville, c'est-à-dire depuis neuf mois.

La proximité des deux maisons permettait à Mme Mazereuil de se partager.

Madeleine poussa la barrière qui fermait une cour étroite, bordée de plates-bandes, monta les six marches du perron et entra, en habituée. Une tête de chérubin se montra aussitôt à l'autre bout du corridor, et Mad vint se jeter dans les bras de la jeune fille.

— Bonjour, tante Madeleine ! Viens-tu me chercher ?

— Je viens demander à petite mère de te laisser venir tantôt. Nos fillettes iront se promener.

Mad frappa en riant ses mains l'une contre l'autre.

— Nous irons dans le bois, dis? Et nous jouerons à colin-maillard et aux rubans?

— Oui, mon ange. Où est petite mère?

— Dans sa chambre, tante Madeleine, et elle écrit....., elle écrit de grandes pages.

Les quatre portes ouvraient sur le corridor. La dernière à gauche était celle de la chambre de Jacqueline.

La jeune femme écrivait à une petite table de cerisier, comme le lit et les chaises. Tout cela était pauvre, et le parquet n'était pas ciré. Malgré ses répugnances, Jacqueline avait dû entamer les modestes épargnes de sa mère pour se procurer l'indispensable, car elle avait jusqu'ici gagné peu de chose et se refusait à accepter la pension alimentaire que devait lui servir le Dr Villedaniel.

— Tu as du travail, dit Madeleine. Si je te dérange, je reviendrai.

— Non, j'ai fini. Assieds-toi. Je voudrais entrer à la revue de Gaston Lestoc : *l'Eve de nos jours*. Il a promis d'examiner mon article, et je me sentais en verve ce matin.

— Lestoc..... Je me méfie d'une revue dont il est le directeur.

— Ce sont des préventions. Somme toute, il veut me rendre service, cet homme. Du jour où ma tante lui parla de ma situation et de l'idée qui m'était venue de me tourner vers la littérature, il se montra plein de bienveillance et tout disposé à me frayer le chemin. Crois-tu qu'un tel patron soit négligeable? Si j'obtiens de collaborer à *l'Eve de nos jours*, ce sera une grosse épine de moins sous mes pieds. Et puis, ça vous pose d'écrire dans une revue comme celle-là. Tu ne me crois pas ?

— Que veux-tu? j'ai peur. Il me semble que tu t'engages dans une voie dangereuse.

— En vérité, Madeleine, il faut que je t'aime bien pour supporter sans me fâcher tes perpétuelles remontrances.

— Ce sont tout au plus des conseils amicaux, fraternels.

— Admettons-le. Mais j'ai l'âge de raison, ma petite Madeleine, il ne faudrait pas me prendre pour une de tes bambines. Depuis que tu es maîtresse d'école, tu deviens sermonneuse.

Madeleine ne répondit pas. Ses yeux venaient de tomber sur la page fraîchement écrite qui séchait sur la table ; elle lisait. Tout à coup, un flot de sang empourpra son visage, elle mit la main sur le feuillet, comme pour défendre à son regard de s'y poser de nouveau.

— Tu ne livreras pas cela à l'impression, Jacqueline?..... Tu ne mettras pas ton nom au bas de ces lignes abominables!

— Abominable... [illegible] sourcils.

— Oui, fit Madeleine avec force, abominables [illegible] pour qui les a écrites, pour les femmes qui les lisent.

— Tais-toi, Madeleine.

Les yeux étincelants de Jacqueline ne firent [illegible]

— Non, jamais, j'en suis certaine [illegible] pensé tout cela, jamais tu n'as réfléchi [illegible] de [illegible] de nos jours. Je les vois sur ta table [illegible] et, en lisant, tu t'es pénétrée de l'esprit de [illegible] réflexions. C'est donc [illegible] Et ces pages sont destinées à des femmes, [illegible] nesse, où, d'un bout à l'autre, on parle du bon Dieu, de la Vierge et des saints. Je ne saurais pas, ma chère.

— Personne ne te demande de composer des histoires édifiantes ou autres, mais de traduire des ouvrages italiens, historiques, scientifiques et philosophiques. Tu connais la langue à fond, et ce genre de travail n'est pas pour te déplaire.

— Qui t'a chargée de me le proposer?

— Mme de Laugier.

— Cette dévote renforcée.....

— Cette âme d'élite qui se tient à l'affût de toutes les occasions de faire le bien.

— Et l'offre en question rentre dans la catégorie de ses œuvres de bienfaisance?

— Que ton orgueil ne s'insurge pas. Je n'ai pas voulu insinuer que tu es la protégée de Mme de Laugier. Ces ouvrages sont destinés à des œuvres de jeunesse.

Jacqueline s'adoucit un peu.

— Comment se fait-il qu'elle s'adresse à moi, une divorcée?

— Je pourrais te répondre que, dans le pays, on ignore ta triste histoire..... J'aime mieux dire la vérité, à savoir que, par exception, Mme de Laugier en est instruite.

— Par toi?

— J'ai cru lui devoir cette marque de confiance.

— Oh! je ne te le reproche pas. Si je ne crie pas mon divorce sur les toits, je n'en ai pas honte. L'autre jour, deux fillettes de ton patronage, passant sous mes fenêtres, s'entretenaient de moi. L'une d'elles disait : « C'est drôle que la maman de la petite Mad s'appelle Mme Mazereuil, comme sa mère. » A quoi l'autre répliqua : « T'es sotte. C'est sa belle-mère, et elle lui dit maman. » J'ai eu envie de les renseigner, ces petites..... A cause de toi, je m'en suis abstenue.

— Tu as bien fait, Jacqueline. Ne va pas scandaliser ces jeunes âmes.

— Scandaliser, voilà un mot inventé par les catholiques. Pourtant, quand Mad grandira, il faudra bien que la vérité se fasse jour : elle signera Villedaniel, elle. Il est vrai que je puis tout arranger en me remariant.

Madeleine mit la main sur la bouche de la jeune femme.

— Ne dis pas cette énormité, Jacqueline. Te remarier quand Marc est vivant!.....

— Que veux-tu que ça me fasse? Je ne perdrai pas, pour un préjugé absurde, le bénéfice de ma situation. Je saisirai la première occasion propice..... Et je t'avertis aujourd'hui, afin que, le cas échéant, tu ne sois pas surprise.

Madeleine démêla dans sa voix une expression de triomphe mêlée d'amertume. La flamme sombre qui luisait dans les prunelles de la jeune femme lui fit peur. Que voulait-elle dire? Y avait-il un projet de mariage en l'air? Ce n'était pas impossible..... Jacqueline allait fréquemment à Paris pour reporter des travaux d'écriture que lui confiait un notaire, et elle avait avec sa tante des relations suivies. Mme Félipier était très capable de la pousser dans cette voie.

— Viendras-tu déjeuner avec nous? dit Madeleine.

— Merci. Je ne suis pas disposée.

— Tu me donneras bien Mad pour la promenade, après les Vêpres?

— Pas aujourd'hui. Je veux jouir de ma fille.

De la bouderie de Jacqueline Madeleine faisait peu de cas. Elles n'en étaient pas à leur première discussion, et, en son for intérieur, l'altière jeune femme était contrainte d'approuver son amie. Si elle ne le confessait pas tout haut, du moins avait-elle le bon esprit de ne pas lui tenir rigueur. Comment se fût-elle privée d'une amitié qui était son unique réconfort aux heures d'affaissement moral, ces heures noires que nous connaissons tous, mais qui sont cent fois plus cruelles pour les infortunés que le souffle surnaturel ne vient pas ranimer, que le bras du Consolateur divin ne soutient pas. Mme Mazereuil était trop timide pour trouver les mots qui relèvent le courage, et petite Mad ne pouvait être une confidente pour sa mère.

Restait Armande.

Si l'on pouvait appeler Madeleine le bon ange de Jacqueline, Armande était son mauvais génie.

Elle avait exulté d'une joie satanique en apprenant que sa nièce avait fui le toit conjugal. Enfin, le cléricalisme était vaincu dans la personne de Marc Villedaniel. Il s'agissait d'encourager la jeune femme pour que sa résolution ne fléchît pas, et plus tard..... Ce plus tard découvrait les blanches dents d'Armande dans un sourire féroce. Le premier acte du drame s'achevait, elle se chargeait de préparer le suivant, c'est-à-dire de rendre le mal sans remède en amenant Jacqueline à un second mariage.

En jetant les yeux sur tous les hommes de sa connaissance, elle se dit que Lestoc serait l'instrument le plus propre à la réussite de son plan.

Lestoc était l'homme arrivé, l'auteur à la mode. Si les articles violents qu'il donnait à la *Journée sociale* le posaient vis-à-vis des travailleurs en oracle infaillible, l'*Eve de nos jours* n'obtenait pas un moindre succès près des femmes. Sous les dehors attrayants d'un périodique littéraire, splendidement illustré, la perfide revue se faisait accueillir avec faveur dans les familles, où elle distillait son venin. On la voyait sur les tables des salons bien notés, les femmes de chambre la lisaient en cachette et les petites midinettes la dévoraient au déjeuner, entre deux bouchées de saucisson. La création de l'*Eve de nos jours* avait été un coup de maître, et Gaston Lestoc marchait à grands pas vers la fortune.

Il avait autrefois recherché la main de Jacqueline. Sa passion était-elle morte?

Mme Félipier ne le pensait pas. Un souffle peut ranimer l'étincelle qui dort sous la cendre. Aussi, dès que le divorce eut été prononcé, Armande entreprit d'amener un rapprochement entre la jeune femme et le directeur de l'*Eve de nos jours*. Sans doute, Jacqueline était un pauvre parti, mais qui, plus aisément que Lestoc, pouvait se donner le luxe d'une femme sans dot?

II

Dans le courant de la semaine, Jacqueline vint dire à Madeleine qu'elle acceptait de faire les traductions demandées par Mme de Laugier.

— Avant de commencer, je me déciderai probablement à aller à Rancy, chez les Félipier, ajouta-t-elle. Ma tante m'invite à y passer une semaine ou deux. Ils ont du monde pour la saison des chasses.

— M. Lestoc y est, sans doute?

— Tiens! Pourquoi me demandes-tu ça?

— Parce que je le sais lié avec les Félipier.

— Il est possible que nous nous rencontrions à Rancy. Peut-être me fera-t-il grise mine. Ce n'était pas très gentil à moi

j'aurai la sagesse de m'en contenter. Où est-il, mon bel idéal de jeune fille? Te souvient-il qu'un jour je riais du nom de Lapoire, le vrai nom de Gaston Lestoc? Et il va devenir le mien..... Tiens, la vie est stupide et mauvaise..... On dirait qu'elle prend plaisir à vous entraîner du côté où vous ne voudriez pas aller, à tourner tout à l'envers.

Les larmes jaillirent des yeux de Madeleine; elle recouvrait enfin l'usage de la parole.

— Je t'en conjure, Jacqueline, ne consomme pas ton malheur en commettant un crime.

— Encore un gros mot!

— Un mot vrai. Tant que Marc Villedaniel sera vivant, tu n'auras pas le droit de lui reprendre la foi jurée devant Dieu.

— Heureusement, la loi ne juge pas comme toi. Je ne me fâcherai pas ce matin, Madeleine, je n'en ai pas envie. Tu vois comme je suis calme. Mon second mariage, je l'ai dit, est tout simplement une affaire.

— Tu ne recules pas à l'idée d'introduire Mad à ce foyer où un étranger tiendra la place de son père? Elle ne l'a pas oublié.

— Parce que tu le lui rappelles chaque jour.

— Ce n'est pas certain, elle a la mémoire du cœur étonnamment fidèle.

— Eh bien! son père, elle le reverra..... Il ne manquera pas de la réclamer à son retour en France, puisque le jugement m'oblige à la lui envoyer pendant trois mois.

Madeleine se leva lentement.

— Me dis-tu un adieu définitif? demanda Jacqueline, de ce ton brusque qui parfois, chez elle, dissimulait une émotion. Je n'ignore pas que mon mariage sera entre toi et moi une cause de rupture. Je le regretterai, Madeleine..... Tu es ma meilleure, non..... ma seule amie.

— Nous nous reverrons, Jacqueline..... Je veux espérer jusqu'à la fin.

— Tu as tort, crois-moi, mais c'est bon de ne pas le perdre tout de suite.

La triste nouvelle accabla Mme Mazereuil.

— Dieu me châtie, dit-elle. Je porte la peine de ma lâcheté, de mes longues infidélités. Une autre mère, une femme qui t'eût ressemblé, Madeleine, eût trouvé, malgré les difficultés, le moyen de faire de sa fille une chrétienne. Ma pauvre petite

Jacqueline! Dieu lui avait donné de l'intelligence, de la volonté, du cœur..... Et elle a gaspillé ces trésors, parce que je ne lui ai pas appris à en faire un bon usage. Ah! quelle torture est le remords!

Le nom de Lestoc ne fut plus prononcé, et toute allusion au mariage projeté fut écartée des conversations. Seule, petite Mad s'amusait parfois avec la main de sa mère, pour voir étinceler la belle pierre rouge semblable à une goutte de sang.

III

— Je vous amène ma fille, dit Jacqueline, entrant un matin chez Madeleine. Ma tante me demande d'aller la voir à M..., où elle donne aujourd'hui une conférence. Mad s'ennuierait là-bas.

— C'est jeudi, ça se trouve bien, dit Madeleine. Nous irons au patronage, et après nous nous promènerons un peu. N'est-ce pas, petite Mad?

— Oui, tante Madeleine! s'écria joyeusement la mignonne.

Aller au patronage était un de ses grands bonheurs. Les fillettes l'aimaient toutes et la traitaient en petite reine, mais c'était une reine gracieuse et conciliante, sans le moindre caprice.

A 2 heures, une des institutrices adjointes étant venue remplacer la directrice, celle-ci fit avec Mad la promenade promise. Il faisait un temps clair et doux, on trouvait encore sur les talus et au bord des fossés quantité de graminées et de fleurettes. Mad en fit un bouquet « pour le montrer à petite mère ce soir », puis elles revinrent vers l'école. En passant devant l'église, l'enfant tendit son doigt.

— C'est là que demeure le bon Jésus, [illegible] Madeleine. Je voudrais lui dire bonjour..... Petite mère n'a jamais le temps.

Elles s'avancèrent jusqu'à la balustrade, « pour être plus près du bon Jésus », disait l'enfant. Madeleine [illegible] le cœur oppressé. Le voyage de Jacqueline avait trait au mariage, sans doute. Lestoc, peut-être, se trouvait aussi à M... Hélas! le malheur ne pourrait-il être conjuré? Pauvre Jacqueline!... Et pauvre Marc! Comme il allait souffrir encore!

Ses petites mains jointes, Mad [illegible] sa prière.

— Tu oublies ton bouquet, lui dit Madeleine, lorsqu'elles se relevèrent.

La petite regarda la gerbe qu'elle avait, en s'agenouillant, déposée sur le pavé.

— Je ne l'oublie pas, tante Madeleine, dit-elle d'un air mystérieux, je le laisse au bon Jésus pour qu'il se rappelle tout ce que je lui ai demandé.

— Quoi donc, mon cher ange?

— Qu'il dise à petit père de revenir et que petite mère soit bien, bien heureuse.

..... Notre-Seigneur s'est engagé à exaucer nos prières, mais il ne le fait pas toujours selon les vues de notre courte sagesse.

A cette même heure, le train ramène Jacqueline à Paris. Assise près d'une portière, elle suit des yeux, sans les voir, les paysages fuyants. Qui la connaîtrait bien démêlerait aisément dans la raideur altière de son buste, dans ses joues enflammées, dans le feu de son regard, les traces d'une émotion violente. On dirait qu'elle vient de repousser un assaut, tout son être frémit encore des ardeurs du combat. La conversation de ses voisins n'attire point son attention, elle n'en perçoit qu'un bourdonnement confus. Les stations se succèdent..... Elle ne lit pas les noms inscrits au fronton des gares. Elle ne sait où elle est, ou plutôt son corps seul est dans le wagon, l'esprit est resté là où elle vient de lutter, où elle a fièrement refusé de se rendre.

Soudain, un secousse effroyable..... Les voyageurs sont projetés les uns sur les autres..... Des cris d'épouvante retentissent..... Arrachée à ses pensées, Jacqueline, dont le front a heurté la banquette d'en face, reprend aussitôt le sentiment de la situation..... Elle se penche à la portière, et ce qu'elle voit la fait pâlir. Devant le train venant de M....., il y en a un autre, et la locomotive qui est en tête grimpe, menaçante, affolée, sur celle qui s'oppose à son passage.

Oh ! c'est affreux de voir là-haut flamber ces yeux d'enfer.

Les wagons se tordent..... Celui dans lequel est Jacqueline se met debout..... Elle voudrait fuir et comprend que c'est impossible..... Des craquements sinistres, des clameurs d'agonie frappent son oreille..... Elle sent à la cheville droite une douleur aiguë et perd connaissance.

..... 7 heures..... Jacqueline devrait être de retour.

Mme Mazereuil et Madeleine commencent à s'inquiéter. Le train a-t-il éprouvé du retard? La jeune femme a-t-elle été retenue par sa tante? Cette dernière hypothèse est inadmissible, Mme Félipier n'étant venue à M... que pour un jour.

De minute en minute, les alarmes augmentent. Plusieurs fois, Mme Mazereuil est sortie pour interroger l'extrémité de la rue, où les becs de gaz projettent une lueur jaune.

— Est-ce que petite mère ne va pas revenir? demande Mad.

On lui répond : « Si fait, bientôt. » Et, tout de suite rassurée, elle reprend ses jeux.

— 8 heures vont sonner, dit Mme Mazereuil ; je n'y tiens plus, je vais à la gare des tramways. On y a sûrement des nouvelles.

A ce moment, passe la mère d'une fillette de l'école.

— Ah ! Mesdames, encore un accident de chemin de fer ! dit-elle, et à deux pas de chez nous, à Richecourt.

Pressée de rentrer, elle s'éloigne, sans avoir vu l'effet produit par ses paroles. Richecourt, c'est l'avant-dernière station entre M... et Paris. Mme Mazereuil s'affaisse, défaillante, sur une chaise. Madeleine a vite pris son parti.

— Restez ici, tante Lucile, et mettez l'enfant au lit. Je vais aux informations. Si vous ne m'avez pas revue dans une demi-heure, c'est que je serai partie pour Richecourt.

— C'est à moi d'y aller, bégaye la mère en pleurant.

Mais Madeleine tient bon, et Mme Mazereuil se rend, sachant que la jeune fille aura la plénitude de sang-froid, la promptitude de décision, l'énergie qui lui manquent, à elle.

A la gare des tramways, Madeleine obtint quelques détails. Une erreur d'aiguillage avait amené une collision entre le train de M... et un autre qui venait de Paris. Le choc avait été terrible. Par bonheur, les voyageurs étaient relativement peu nombreux ; mais il y avait des blessés, peut-être des morts.

Le tramway partait, Madeleine y monta. A Paris, elle prit un taxi-auto et se fit conduire à Richecourt. Là, toute circulation était interrompue. Une équipe d'employés et de soldats travaillaient au déblayement de la voie. Des agents contenaient les curieux, qui, en dépit de l'heure tardive, encombraient les abords du théâtre de l'accident. Madeleine se fit indiquer le local où avaient été provisoirement déposées les victimes retirées des décombres.

Le cœur affreusement serré, elle pénétra dans une vaste salle, éclairée à l'acétylène. Une violente odeur d'éther et de chloroforme la prit à la gorge. De tous côtés partaient des gémissements. Plusieurs personnes allaient de l'un à l'autre des matelas rangés le long des murs. Madeleine en compta douze. Dans un angle, deux formes rigides se dessinaient sous la toile qui les recouvrait..... Ceux-là étaient des morts. Elle se demanda en frémissant si elle irait d'abord à eux, mais non, elle préférait chercher Jacqueline parmi les blessés.

Tout à coup, elle la vit, si pâle, si complètement immobile, qu'on eût dit une trépassée. Penché sur ce corps inanimé, un médecin le palpait avec de minutieuses précautions.

— Ma Jacqueline ! Ma pauvre aimée ! dit Madeleine, tombant à genoux.

— Etes-vous sa sœur, Madame ? questionna le médecin.

— Non, Monsieur, mais son amie très affectionnée. Qu'a-t-elle ?

Il leva un coin de la couverture jetée sur Jacqueline, et Madeleine étouffa un cri. Le pied droit était sectionné à la hauteur de la cheville.

— Ce n'est pas tout, dit le docteur. Un amas de débris d'un poids considérable était tombé sur la poitrine..... Il y a deux côtes enfoncées et très probablement des lésions internes.

— Dites-moi ce que vous pensez, docteur ? Est-il permis d'espérer ?

Il eut un geste évasif.

— Bien peu, mais qui sait ? La jeunesse a des réserves extraordinaires. C'est une demoiselle ?

— Une dame, dit Madeleine, rougissant comme une coupable.

— Ah ! dit le docteur, dont le regard s'était attaché sur la main droite, où ne brillait pas l'alliance symbolique.

Madeleine remarqua alors que Jacqueline n'avait plus son rubis. Des filous sans vergogne avaient-ils trouvé le moyen de dépouiller les victimes ? Cette pensée ne fit que traverser son esprit. Qu'importait cette vétille ?

— Puis-je la faire transporter chez elle ? demanda Madeleine. C'est à Biville.

Le docteur réfléchit.

— Nous n'avons aucune ressource dans le pays, dit-il, et il serait tout aussi fatigant de la faire conduire à Paris. Je vais vous procurer la voiture qu'il vous faut.

Une heure après, Madeleine partait avec Jacqueline, qui, en

proie à une fièvre ardente, se plaignait sourdement ou murmurait des mots sans suite.

Elle ne recouvra sa lucidité que plusieurs jours plus tard, à l'heure où le soleil s'abaissait derrière les coteaux. Un rayon embrasait les vitres. De son lit, Jacqueline voyait un pan de ciel bleu et une partie de la treille, où pendaient les dernières grappes ambrées. Ses yeux errèrent avec surprise sur les objets qui l'entouraient. Elle n'était pas au pavillon, mais chez Madeleine ; elle reconnaissait cette chambre qu'elle avait habitée pendant quelques jours. Un mouvement qu'elle voulut faire lui arracha une plainte. Aussitôt Mme Mazereuil se rapprocha.

— Tu étais là, maman. Je ne te voyais pas. Pourquoi suis-je ici ?

— C'est plus commode pour te soigner, ma chère fille.

— Je sens bien que je suis malade, mais je ne me rappelle pas comment c'est arrivé..... Oh ! si, si..... la locomotive..... les voitures qui se disloquent..... c'est affreux. Et la jambe me fait si grand mal !.....

Elle y porta la main et jeta un cri de désespoir.

— Mon pied, je ne l'ai plus ! coupé..... perdu..... Je suis infirme pour la vie. Il fallait me laisser mourir.

Elle sanglota longtemps, la tête sur l'épaule de sa mère qui pleurait avec elle. Cette crise fit redoubler la fièvre, et le délire revint ; mais il fut de courte durée. Dès lors, Jacqueline ne pleura plus, ne se plaignit guère et reçut avec une sorte de farouche indifférence les soins de ses dévouées gardiennes. Une fois elle leur demanda si l'on avait écrit à Lionel.

Oui, et il était venu au moment où sa sœur était incapable de le reconnaître.

Elles ne dirent pas à quel point il s'était montré froid, impatient de repartir. Quant à Mme Félipier, elle avait certainement appris la catastrophe par les journaux, mais elle n'avait pas donné signe de vie.

— Elle s'en gardera bien, dit brusquement Jacqueline : nous nous sommes quittées brouillées à mort. Vous voyez, continua-t-elle en montrant sa main droite, que je ne suis plus la fiancée de Lestoc. Vous ne devineriez pas dans quel dessein ils m'avaient fait aller à M... C'était tout bonnement pour me signifier que j'aurais, en me mariant, à me séparer de ma fille. Lestoc n'entendait pas s'encombrer d'une étrangère.

Quelle tristesse !..... Jamais Lestoc n'avait supposé que les choses pussent autrement s'arranger, mais un passage de ma dernière lettre lui avait inspiré des inquiétudes ; il s'en était ouvert à Mme Félipier. Et celle-ci appuyait sur la chanterelle. A l'entendre, rien n'était plus simple que de jeter ma petite Mad par-dessus bord. M. Villedaniel s'occuperait de sa fille, et j'entrerais, le cœur léger, dans la maison de Lestoc, ayant oublié que j'avais été mère. Je les laissais parler tout à leur aise, et, quand ils furent au bout de leur éloquence, j'arrachai de mon doigt l'anneau que Lestoc y avait passé, et le leur jetai à la face. Ah ! les misérables ! les cœurs vils ! Si vous aviez vu leur colère !..... Lui se contint, mais elle..... En quels termes insultants elle me reprocha ma prétendue ingratitude ! Je lui dois énormément, paraît-il. Oui, je lui dois..... mon infirmité..... et pis encore, peut-être.

IV

— Petite mère chérie, je puis venir t'embrasser?

— Viens, viens, mon cher trésor.....

Une longue robe de flanelle blanche flotte sur le corps aminci de Jacqueline et cache le pied artificiel qui a remplacé le joli pied nerveux resté à Richecourt, dans une bouillie sanglante. Elle a gardé le lit une partie de l'hiver. Depuis la mi-janvier elle se lève, et tous les matins on l'étend sur une chaise longue avec, à sa portée, une table chargée de livres et de papiers, car elle a repris la traduction commencée.

Là, elle achève de mourir.

Les soins les plus assidus n'ont pu enrayer le mal. Il a fait son œuvre, minant peu à peu la belle santé de Jacqueline. Les forces de la jeune femme ont décliné avec une rapidité effrayante, les joues creuses ont pris des tons d'ivoire, le beau corps souple ne sera bientôt plus qu'une ombre.

Elle s'en rend parfaitement compte, subit son sort sans révolte apparente ni puériles lamentations. Un jour, pourtant, Madeleine a surpris sur ses lèvres cette faible plainte :

— Mourir si jeune !...

Elle ne lui répondit pas par une de ces dénégations menteuses, au moyen desquelles on endort les craintes des malades, au risque de les jeter sans préparation dans l'éternité.

— Mourir pour revivre, dit-elle. O ma Jacqueline, tout n'est pas fini quand la tombe s'est fermée sur notre corps inanimé. C'est alors la vraie vie qui commence.

Jacqueline fixa sur elle son regard angoissé.

— L'âme immortelle ! Si je pouvais y croire.....

— Dieu est la Lumière, reprit Madeleine. Je le supplie d'en faire tomber un rayon sur ton esprit.

La malade secoua tristement la tête.

— Nous avons dit qu'elle s'était remise au travail. Sans doute elle y cherchait un dérivatif à ses sombres pensées. Elle lisait aussi. Madeleine puisait à son intention dans la riche bibliothèque de Mme de Laugier. La noble femme s'intéressait à l'âme de Jacqueline, et, sans paraître, coopérait à l'œuvre de sauvetage vaillamment entreprise par Madeleine. Grâce à elle, nombre de nouveautés venaient charmer les heures tristes de la jeune femme. Rien là-dedans qui ressemblât à l'œuvre malsaine du directeur de l'*Eve de nos jours*. Un parfum d'honnêteté et de saine raison se dégageait de ces publications choisies. De temps en temps, parmi les romans, les poésies, les études historiques ou littéraires, se glissait la biographie d'un de ces hommes dont le catholicisme a le droit d'être fier, un traité nettement spiritualiste, une œuvre de combat. C'est ainsi que Veuillot fit un jour son apparition sur la table de Jacqueline.

— Du Veuillot ! railla-t-elle. Autant dire du vieillot.

— J'ai pensé que tu le connaissais peu, dit Madeleine.

— De réputation seulement.

— C'est dommage. Cette intelligence claire et puissante, cette verve hardie t'auraient plu.

Jacqueline lut tout le reste. Quand elle fut à court, elle revint au Veuillot, le feuilleta distraitement. C'était l'ouvrage intitulé : *Historiettes et fantaisies*. Un passage l'empoigna ; elle le lut, le relut et finit par dévorer le volume.

Tout Veuillot y passa.

Lorsque la fine lanière dont le grand polémiste flagelle les ennemis de l'Eglise devenait par trop cinglante, Jacqueline, irritée, protestait contre l'intolérance catholique.

Doucement et fermement Madeleine renvoyait la balle.

La malade prenait goût à ces disputes amicales, dans lesquelles elle n'avait pas habituellement le dernier mot. Madeleine en profitait pour réduire en poudre plus d'un absurde préjugé. Il lui semblait qu'un lent travail se faisait dans l'esprit de Jacqueline. La grâce longtemps repoussée s'était enfin glissée dans la place et gagnait du terrain. Une ou deux fois, Madeleine surprit le regard de la jeune femme attaché sur le crucifix suspendu à la muraille. Quels rayons miséricordieux s'échappaient de ce Cœur entr'ouvert, et descendaient sur l'âme enténébrée pour l'illuminer, sur le cœur orgueilleux pour l'attendrir ? L'espérance de Madeleine se fortifiait de jour en jour. Jacqueline tâtonnait encore dans sa marche, mais elle finirait par trouver son chemin de Damas ; elle serait conquise à la vérité et à l'amour, et son horizon qui se rétrécissait du côté de la terre, s'élargirait sur l'infini.

..... Mad avait grimpé sur la chaise longue, et, de ses bras blancs, entourait le cou maternel.

— Es-tu mieux, ce matin, ma bonne petite mère?

— Oui, mon ange, répondit Jacqueline sans mentir.

La vue et les caresses de son enfant n'allégeaient-elles pas ses souffrances?

— Je l'avais deviné ! s'écria Mad. Tu as du rose sur les joues et tes yeux brillent..... Ecoute que je te dise..... Les arbres du jardin ont de gros boutons rouges. Tante Madeleine m'a dit que bientôt il y aurait des bouquets blancs partout. Ce sera bien beau.

— Bien beau, répéta Jacqueline.

— Tu les vois d'ici, les arbres, mais tu ne verrais pas les fleurs qui seront dans l'herbe. Il y en aura beaucoup, dit tante Madeleine : des violettes bleues, des primevères blanches, et d'autres..... Je ne me rappelle plus les noms. Si tu es guérie, tu descendras les voir. C'est ton pied qui t'empêche de marcher. Je vais prier le bon Jésus de te le rendre.

— Pauvre petite chérie !

— Il le peut, va ! Il peut tout. Tante Madeleine m'a conté une histoire très belle. Il y avait un petit garçon qui était mort....., et on faisait son enterrement....., et sa maman pleurait. Alors le bon Jésus, qui passait par là, eut envie de pleurer, lui aussi, parce qu'il a bon cœur. Et il dit au petit garçon : « Lève-toi. » Et le petit garçon se leva, et il alla sauter au cou de sa maman. Tu penses si elle était contente ! N'est-ce pas qu'elle est belle, l'histoire?

— Très belle et très touchante, oui.

— Eh bien! si le bon Jésus te disait : « Marche! » tu marcherais comme autrefois.

Les doigts de Jacqueline passaient dans les boucles blondes.

— Ce n'est pas cela qu'il faut lui demander.....

— Quoi donc? fit la petite.

— Dis-lui seulement : Mon Dieu, faites que maman voie clair.

Mad regarda les beaux yeux de sa mère. Elle ne comprenait pas, mais elle répéta docilement :

— Mon Dieu, faites que maman voie clair.

Sa fille partie, Jacqueline ne reprit pas la plume.

Quatre volumes apportés la veille étaient empilés sur un coin de la table.

Elle en choisit un et regarda longuement le titre : *La bonne souffrance.* Elle se rappelait la soirée où Marc lui avait demandé d'en lire avec lui quelques pages. En revoyant cet ouvrage, elle avait éprouvé un serrement de cœur.

Elle lut. Sa mère vint plusieurs fois lui demander si elle avait besoin de quelque chose ; elle répondit négativement et continua de lire. En fermant le livre, elle murmura :

— Pour moi aussi, la souffrance aura-t-elle été salutaire?

Dans la soirée, elle dit négligemment à Madeleine :

— Il paraît que tu contes à Mad de merveilleuses histoires.

Madeleine comprit, l'enfant lui avait rapporté en grande partie sa conversation avec petite mère. Le moment de frapper un coup décisif était-il venu? Elle l'espéra et déposa sur la table qu'on roulait chaque soir près du lit de la malade un volume dont la reliure ternie et les feuillets fatigués témoignaient d'un fréquent usage.

Et dans sa longue insomnie, cette nuit-là, ce fut l'Évangile que rencontra le regard chercheur de Jacqueline. Elle l'ouvrit à la première page.....

Trois jours se passèrent. Elle négligeait les [illegible] lectures et toujours revenait au vieux livre. Après l'[illegible] avidement parcouru, elle reprenait certains passages, [illegible] à diverses [illegible], comme pour mieux s'assimiler [illegible] nourriture [illegible], répétant avec lenteur une [illegible] qui l'avait frappée.

En revenant du patronage, le [illegible], Madeleine vint, avec un ouvrage d'aiguille, s'asseoir [illegible] de son amie, qui tenait encore l'Évangile à la main. [illegible] un silence, Jacqueline dit :

— Madeleine, ce livre m'a bouleversée.

Comme la jeune fille cherchait une réponse :

— C'est si simple et si grand ! reprit Jacqueline, on y sent une sincérité si absolue ! Ces hommes racontent ce qu'ils ont vu et entendu, sans y ajouter un commentaire. C'est saisissant de naturel et cependant d'une telle profondeur, que l'esprit, confondu, s'y perd. Tiens, cette page (elle indiquait le commencement de l'Evangile selon saint Jean), elle est incompréhensible pour moi. Malgré tout, je ne me lasse pas de la relire, et à chaque fois il me semble voir des étincelles jaillir de ces paroles mystérieuses. Ce Verbe vivant qui était dans le monde et que le monde n'a pas connu, qui est venu chez lui et que les siens ont refusé de recevoir !.... Je suis de ceux-là.

— Tu peux réparer, ma Jacqueline. Ce Verbe divin te sollicite. Il veut t'apporter la consolation et la paix.

— Oui, je sais..... Il l'a dit à ses apôtres. La paix est-elle possible pour moi?

— N'en doute pas, mon amie.

— Je ne puis me rendre si vite, il y a trop d'obscurités là-dedans.

— Veux-tu permettre à M. le curé de venir te voir? Il a qualité pour lever tes doutes, te mettre dans la voie qui conduit à Dieu. Jusqu'ici, il n'a osé te faire visite.

Jacqueline hésitait. Son orgueil se dressait frémissant à la perspective de la défaite. Mentalement, Madeleine invoquait Marie, Mère de la divine grâce. Sa prière ne fut pas vaine.

— Un prêtre n'est pas un épouvantail, après tout, dit Jacqueline. Qu'il vienne, s'il le veut bien. Cette visite ne m'engage point.

Le curé de Biville se présenta le lendemain. C'était presque un vieillard. Quinze ans auparavant, il avait, par dévouement, accepté le poste ingrat que lui proposait son évêque ; il avait eu beaucoup à souffrir au milieu de ce troupeau hostile ou indifférent. La générosité de Mme de Laugier, le zèle de Madeleine et de ses collaboratrices lui avaient enfin donné quelque réconfort. L'école et le patronage des filles étaient florissants, les garçons s'ébranlaient, et par les enfants, les parents se laissaient entamer. Des temps meilleurs allaient venir.

Tel était le guide que la Providence envoyait à Jacqueline.

Devant cette figure paisible, presque commune, elle faillit

se renfermer dans un dédaigneux silence. Peu à peu, elle se décida à poser quelques objections et s'étonna de la façon précise et lumineuse dont elles furent réfutées. Cette première entrevue fut une joute dans laquelle la libre penseuse dut rendre les armes. Mais, libre penseuse, Jacqueline l'était-elle encore? Son âme était un champ clos, et le duel que s'y livraient la vieille incrédulité et la foi naissante ne pouvait finir que par la mort d'un des combattants.

— Vous reviendrez, dit-elle au curé quand il se leva.

Il promit.

Ses visites furent fréquentes, et à chacune d'elles il abattait quelques têtes de l'hydre infernale. La hâte s'imposait, les forces de Jacqueline diminuaient rapidement. Un jour, Madeleine lui ayant apporté un roman nouveau :

— Non, dit Jacqueline, plus de fictions, j'ai soif de sérieux et de vérité.

Son désir fut comblé : elle but à longs traits au fleuve de la science sacrée dont Jésus-Christ est la source, qui commença de couler à la naissance de l'Eglise et auquel, jusqu'à la fin des temps, se désaltéreront les âmes de bonne volonté.

Un jour vint où, conséquente avec la foi dont les clartés l'illuminaient, elle dit au prêtre :

— Monsieur le Curé, le mur qui me cachait Dieu est tombé, rien ne me sépare plus de lui, sinon mes péchés. Je veux de mon mieux préparer ma confession.

Ce même soir, elle retint près de son lit sa mère et Madeleine.

— Asseyez-vous là, commença-t-elle, j'ai bien des choses à vous dire. Et d'abord, maman, te demander pardon. Ta bonté, ton dévouement ont toujours été méconnus..... Je les ai acceptés tout naturellement, sans penser qu'en retour je te devais bien quelque chose. Jusqu'à présent, je ne me doutais pas de mon ingratitude..... Je l'ai reconnue en commençant à fouiller dans les replis de ma conscience.

— Ingrate, toi ! se récria Mme Mazereuil. Non, ma Jacqueline, tu as été une fille aimante.

— Pauvre chère maman, ton cœur renferme des trésors d'indulgence. Une caresse, un mot affectueux jetés en passant te suffisaient. Je comprends maintenant qu'ils n'auraient pas dû me suffire. Toi, Madeleine, ma fidèle amie, je te remercie avec toute la reconnaissance de mon âme. Tu as été l'instrument des miséricordes du Seigneur, c'est à toi que, après Dieu, je devrai mon salut. Que cette pensée soit la joie de ta vie. Je te confie ma fille.

— Mad a son père, Jacqueline.

— Son père..... Je ne l'oublie pas. Quand je ne serai plus ici, tu lui écriras ; tu lui diras que je suis morte en reconnaissant mes torts, en regrettant les chagrins que je lui ai causés.

Sa voix était rauque et des larmes s'amassaient dans ses yeux.

— Il y aurait mieux à faire, si tu le voulais, chère Jacqueline. Ce pardon que tu sollicites, ne préférerais-tu pas l'entendre tomber de la bouche de Marc?

— Il ne viendrait pas, dit Jacqueline avec agitation. Il doit avoir contre moi..... j'allais dire tant de haine..... Non, M. Villedaniel est généreux..... Mais tant d'amertume !

— Je ne crois pas. Il t'a profondément aimée, et l'amour, quand il a été sincère, ne meurt jamais tout à fait.

— Tu dis vrai, fit-elle avec une sorte d'emportement. Au fond, penses-tu que moi j'aie cessé de l'aimer ? Eh bien ! non. J'aurais voulu le détester, je n'ai pas pu. L'orgueil seul m'a conduite à ma perte. Et c'est l'orgueil encore qui me poussait vers Lestoc, Lestoc que je méprisais malgré moi. Le jour de la catastrophe, ce jour que je ne puis maudire, puisque en tarissant les sources de ma vie temporelle, il a jeté en moi le germe d'une vie surnaturelle....., après la rupture, quand j'eus arraché de mon doigt l'anneau de cet homme, quelle délicieuse sensation de délivrance j'éprouvai tout à coup ! Enfin, j'avais chassé le cauchemar qui hantait mes nuits !

Madeleine la serra dans ses bras.

— Quel bien tu me fais, chère Jacqueline ! Tout cela, tu le rediras à Marc.

— Jamais. J'en mourrais de confusion. M. Villedaniel est maintenant un étranger pour moi.

— Il est ton mari. Tu l'as appris, ne l'oublie plus : les hommes ne sauraient rompre des liens qu'ils n'ont pu former.

Il y eut un silence, puis Jacqueline murmura :

— Madeleine, écris à grand'mère que..... que je me repens.

V

L'enchanteur printemps passe avec sa baguette magique. La terre verdit, fleurit, embaume. Il y a des bouquets jusqu' dans les trous des vieux murs. Chaque jour, Mad vient jeter sur les genoux de sa mère une brassée de feuillage et de corolles épanouies.

Elle fait, un matin, sa cueillette en chantant. Il y a de tout dans la gerbe qu'elle a peine à tenir : des primevères qui fleurissent au bord des allées, des pervenches qui ouvrent leurs yeux bleus sous un bosquet de fusains, des branches de laurier, des anémones rouges et des pâquerettes rosées. Elle ne sait pas que, par derrière, quelqu'un la regarde avec une espèce d'avidité. C'est lundi, jour des pauvres. Marie-Louise a laissé la porte entr'ouverte pour permettre aux vieux mendiants, clients de Madeleine, d'arriver sans déranger personne jusqu'à la cuisine, où les attendent leur soupe et leur gros sou. Voilà pourquoi l'étranger est entré et, sans être vu, s'est avancé tout près de l'enfant. Cependant, elle perçoit un léger bruit et se retourne vers ce monsieur qui n'a pas l'air d'un pauvre. Lui s'arrête et, d'une voix étranglée par l'émotion :

— Mad ! Ma petite Mad !

Elle hésite une seconde, puis, laissant tomber son bouquet :

— Petit père !

Elle est dans les bras de Marc, et c'est un échange de baisers fous.

— Tu te souvenais de moi, ma petite fille ?

— Ah ! je crois bien. Tous les jours, je priais le bon Jésus de te ramener. Il m'a exaucée, à la fin, le bon Jésus. C'est petite mère qui va être contente ! Viens la voir.

Elle l'entraîne, il se laisse guider par la petite main qui serre bien fort la sienne ; ils montent sans rencontrer personne : Madeleine est à l'école, Mme Mazereuil donne des instructions à Marie-Louise. Mad entr'ouvre la [illegible] [illegible], joyeuse :

— Devine qui je t'amène, petite mère ?

Jacqueline lève les yeux, un peu de sang colore son visage, elle joint les mains dans un geste implorant. Déjà Marc est près d'elle. Il s'agenouille pour se mettre à son niveau, il prend ses mains brûlantes et les porte à ses lèvres en murmurant :

— Ma Jacqueline !

Oui, elle est sienne, toujours, quoi qu'elle ait fait pour se détacher de lui. Il la reprend aujourd'hui, mais, hélas ! une puissance plus forte que le divorce la lui ravira bientôt. La mort a déjà mis sa griffe sur Jacqueline. Que de ravages sur ces beaux traits ! Comme la souffrance s'y est inscrite !

— Ma Jacqueline !

Il le répète avec une infinie douceur, et elle pleure, la tête sur l'épaule de son mari.

Mue par une instinctive discrétion, Mad se retire. Mais on la rappelle bientôt, la chère petite Mad ! Puis c'est le tour de Mme Mazereuil et de Madeleine. Il est juste qu'elles participent à la joie de la réunion, elles qui l'ont préparée.

Marc s'installe près de Jacqueline. Il ne veut pas perdre un seul des moments qu'ils ont à passer ensemble.

— Je suis ta femme devant Dieu, lui dit-elle, mais je voudrais l'être aussi devant les hommes, afin d'emporter dans la tombe ce cher nom de Villedaniel renié par ma folie. Marc, ne veux-tu pas qu'un mariage civil *in extremis* nous unisse à nouveau ?

— Si fait, dit-il, je vais m'en occuper.

Le maire de Biville vint, un soir, recevoir les promesses de Jacqueline et de Marc et les déclarer unis pour la seconde fois.

La cérémonie achevée, la jeune femme appela Madeleine.

— Ecoutez-moi tous deux, Marc et Madeleine, dit-elle, je vais vous confier mon désir suprême ou, pour mieux dire, dicter mon testament. Je laisse de grands biens en quittant ce monde : toi, Marc, mon cher mari, ma petite Mad, ma pauvre maman. Madeleine, mon amie, je te fais mon héritière.

— Jacqueline, que veux-tu dire ?

— Ce que je dis. Tous mes trésors, je te les lègue, chérie. Ne refuse pas, je t'en conjure. Tu m'as comprise, et Marc me comprend aussi.

— Tais-toi, Jacqueline, tais-toi, dirent-ils tous deux ensemble, tu nous déchires le cœur.

— Non, je ne puis me taire, et il faut que vous m'écoutiez. Ce n'est pas de ce soir que cette pensée m'est venue..... Elle est ancienne déjà, c'est Dieu qui me l'a inspirée. Marc, tu seras pour Mad le meilleur des pères, mais sa mère lui manquerait. Grand'mère est vieille et maman bien usée. Madeleine seule peut me remplacer. Ne me remplace-t-elle pas depuis la catastrophe ? Mad n'aura pas de peine à la regarder comme sa maman. Pour cela, il faut que vous soyez unis. Oh ! accordez-moi cette joie de vous donner l'un à l'autre, permettez que je parte avec cette douce pensée que j'aurai, dans la mesure du possible, réparé le triste passé, et que votre bonheur à tous deux sera quelque peu mon ouvrage.

Ils se taisaient, troublés infiniment.

— Ma prière vous surprend, je le conçois, reprit Jacqueline. Eh bien ! ne me répondez pas sur-le-champ, prenez vingt-quatre heures, pas plus, n'est-ce pas? Il me restera si peu de temps pour me réjouir de votre promesse.

Elle se tut. Madeleine et Marc se séparèrent sans oser se regarder.

Parfois, dans les nuits sereines d'Afrique, quand le silence régnait autour du camp, et que le sommeil fuyait les paupières du Dr Villedaniel, il avait vu passer à l'horizon de sa pensée une figure sérieuse et suave, au regard lumineux, et il avait reconnu l'élue du cœur de sa grand'mère, la compagne qu'elle lui avait souhaitée et dont il n'avait pas su voir le charme discret. Mais, devant ce fantôme, Marc, résolument, avait fermé la porte de son âme au regret tentateur, car il n'était pas libre, et, quoi qu'il eût souffert par Jacqueline, ses liens lui restaient chers et sacrés. Et voilà qu'à cette heure Jacqueline elle-même lui montrait la vision troublante, en disant : « Cherche en elle un bonheur que je ne t'ai pas donné. »

Certes, il avait besoin d'un peu de temps pour se ressaisir et démêler ses véritables sentiments.

Madeleine n'était pas moins bouleversée.

Après avoir offert, à Einsiedeln, l'holocauste de son amour, après avoir, au prix d'un renoncement complet, reconquis la paix de son cœur, elle était subitement rejetée en pleine lutte.

Tous deux savaient, d'ailleurs, où chercher la lumière. Ils le firent avec une sincérité parfaite, avec un grand désir d'agir selon la volonté divine, et cette lumière leur fut donnée sans doute, car lorsqu'ils se retrouvèrent, le lendemain, près du lit de Jacqueline et qu'elle leur demanda anxieusement : « Vous avez réfléchi? Vous consentez, n'est-ce pas? » tous deux répondirent un : « Oui » qui fit rayonner le visage de la mourante.

— A présent, dit-elle, je mourrai heureuse.....

Elle vécut deux jours encore, prodiguant à ceux qui l'entouraient les marques de tendresse. Les derniers sacrements achevèrent de purifier son âme. Dieu lui épargna les affres de l'agonie. A l'aube du troisième jour, elle dit à son mari :

— Ouvre l'Evangile et lis la page marquée par un signet.

Il obéit. C'était le récit qui nous montre le Maître marchant sur les flots à la rencontre de ses disciples effrayés. Quand Marc se tut, Jacqueline redit après lui :

— Et Jésus monta dans la barque, et aussitôt le vent cessa.

Elle sourit, et, d'une main tenant celle de Marc, de l'autre pressant sur ses lèvres le crucifix que lui avait donné Madeleine, elle exhala doucement son dernier souffle.

Jésus était monté dans la pauvre petite barque, il l'avait dirigée vers le port.

VI

Marc conduisit en Bretagne le cercueil de Jacqueline et revint chercher sa fille, que Mme Villedaniel réclamait ; mais, pour se conformer à la volonté de la morte, il la ramena bientôt à Madeleine. A chaque voyage, Mad pleurait en demandant pourquoi tous ceux qu'elle aimait ne demeuraient pas ensemble.

— Un jour viendra où tes désirs seront réalisés, lui disait son père.

Ce jour se leva enfin. Un an s'était écoulé depuis la mort de Jacqueline. Le Dr Villedaniel avait définitivement quitté le Maroc. Madeleine avait formé celle qui devait lui succéder à la tête du patronage et de l'école. Le printemps renaissait lorsque Marc, un matin, arriva à Biville.

Comme l'année précédente, il trouva la porte entr'ouverte et pénétra sans encombre dans le jardin fleuri. La petite Mad n'y était pas, mais il vit, à l'ombre de la treille, celle qui occupait sa pensée.

A son approche, elle se leva et, sans embarras, lui tendit la main ; puis ils s'assirent sur le banc, l'un près de l'autre, et Marc parla.

— Madeleine, dit-il, je ne suis pas venu seulement pour remplir une promesse sacrée, j'obéis aussi à l'inclination de mon cœur. Ce cœur que j'avais cru désenchanté a refleuri pour vous. Je vous l'apporte, chère fiancée. Votre douce main achèvera de fermer ses blessures ; au contact du vôtre, il retrouvera les beaux élans de sa jeunesse et sa foi en l'avenir. Madeleine, je vous aime comme vous méritez d'être aimée.

Et avec un sourire confiant, laissant sa main dans celle du docteur, Madeleine répondit :

Moi aussi, Marc, je vous aime d'un grand amour.

Il resta peu de temps près d'elle, car ils voulaient se marier à Rosmeneur, pour la plus grande joie de la bonne grand'-mère.

Madeleine quitta Biville dans la semaine suivante. Elle partait seule. Mme Mazereuil et Mad ne devaient arriver à Rosmeneur qu'après le mariage, Madeleine ne voulant pas que la mère de Jacqueline fût témoin de cette cérémonie, qui aurait forcément ravivé ses cruels souvenirs.

— Quand je te reverrai, dit Mad en l'embrassant, tu ne seras plus tante Madeleine..... Je t'appellerai maman, ma petite maman chérie.

— Oui, mon ange, répondit Madeleine avec émotion, et ensemble nous prierons pour ton autre maman ; puis nous demanderons à Dieu de nous aider à être, moi, la plus dévouée des mères, toi, la plus docile des petites filles.

Le mariage fut célébré dans la vieille église de Rosmeneur, dont le clocher émerge des mousses et des lichens. Toutes les bonnes gens du bourg, pâtres, laboureurs et pêcheurs, prenaient part à la joie de Mme Villedaniel, leur vieille amie de soixante ans, leur sage conseillère, la providence des malheureux. Ils se réjouissaient en pensant qu'après elle Madeleine serait la maîtresse de la maison hospitalière et que les bonnes traditions seraient continuées. Car c'était décidé : le Dr Villedaniel s'établissait à Plouhan, où un vieux médecin venait de mourir, et Plouhan, c'est presque Rosmeneur. Mme Villedaniel pouvait dire : « Je garde mes petits-enfants. »

Et tandis que les nouveaux époux s'inclinaient sous la bénédiction du prêtre, le regard de l'aïeule plongeait avec sérénité dans l'avenir....., non le sien. Elle touchait à la fin de sa course..... Encore un coup de rame, et elle aborderait au rivage éternel.

Son intérêt se portait sur ceux qu'elle laissait en pleine mer, exposés aux hasards du voyage. Mais de ce côté encore elle gardait pleine confiance. Le vaisseau qui portait la famille n'allait point à l'aventure. Il pouvait affronter les vents contraires et les inévitables tempêtes, car le divin Pilote était au gouvernail.

1071-16. — Imprimerie P. Feron-Vrau, 3 et 5, rue Bayard, Paris, VIIIe.

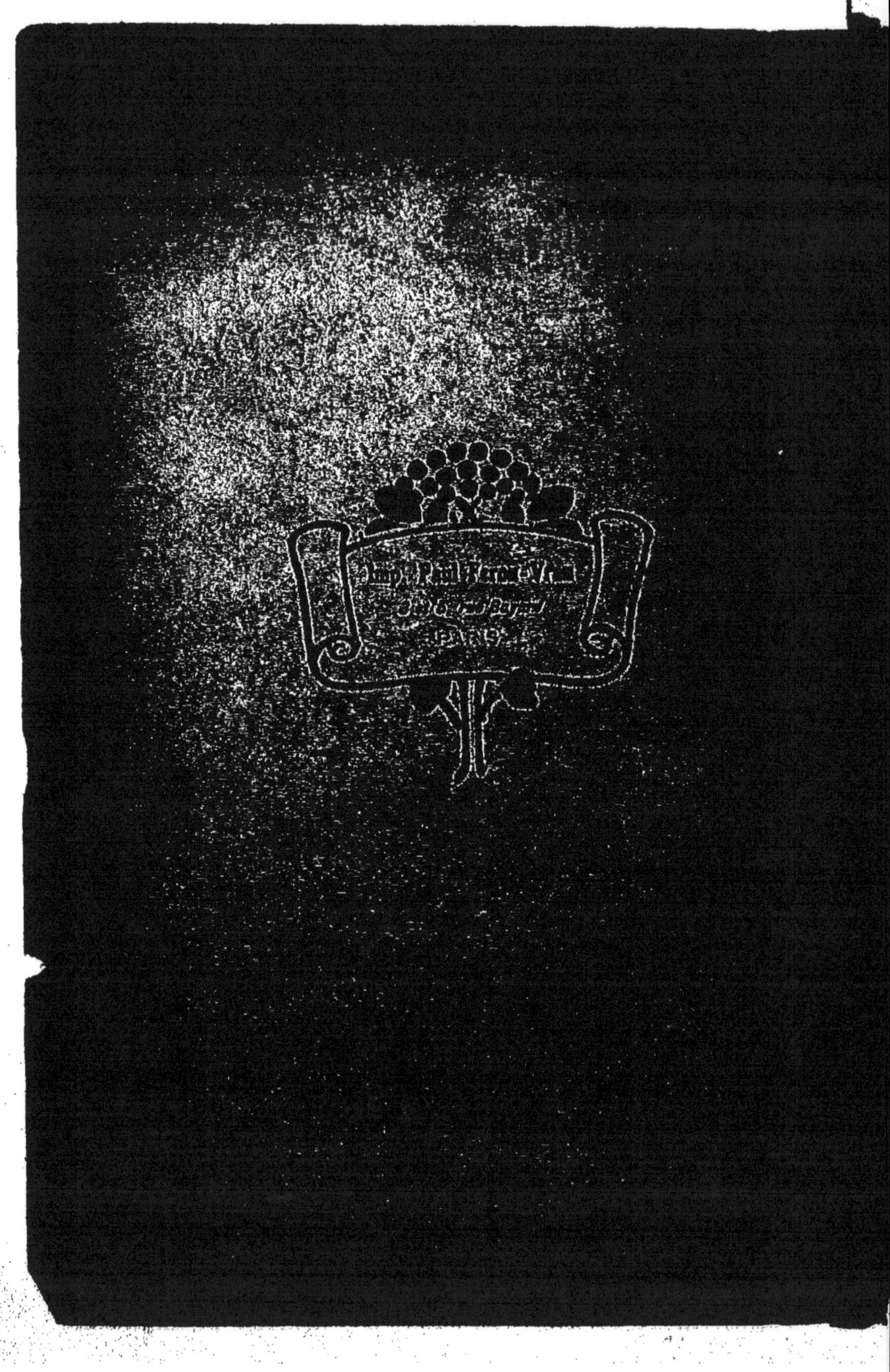

www.ingramcontent.com/pod-product-compliance
Ingram Content Group UK Ltd.
Pitfield, Milton Keynes, MK11 3LW, UK
UKHW021540260726
13993UKWH00002B/566